KB270450

스윙바이
swing-by

스윙바이

swing-by

유형수 소설집

문학들

청도관

청도관

청도관이 있고 송무관이 있다.

이 나라 태권도의 역사는 두 본산에서 비롯됐다. 그러나 B시에 내려 찾아낸 청도관은 20년 만에 B시에 돌아온 내 무릎을 꺾어놓기에 충분했다.

도장은 좁고 막다른 골목 끝에 엎드린 적산가옥이었다. 쇠락한 외관이 꼭 내 신세 같았다. 처마 아래 세로로 내걸린 현판은 눈비에 씻기고 갈라져서 갑골문을 더듬는 기분이었다. 靑濤館.

청도관 본관일 리는 없었다. '푸른 파도'란 관명을 내건 도장쯤은 항구도시인 B시 말고 다른 어디라도 널렸을 터였다. 골목엔 지방 소도시에서 흔히 접할 수 있는 한낮의 정적이 감돌았다. 그늘에 개 한 마리가 드러누워 인기척이 있건 말건 잠을 청하고 있었다. 도장 입구의 일본식 미닫이 판자문이 활짝 열어젖혀져 있었다. 안을 둘러봤지만 관원도 사범도 관장도 보이지 않았다. 컴컴한 공간에 먼지 끼고 눅눅한 공기만 떠다녔다. 나는 종형이 그려준 약도를 접었다. 하릴없이 돌아서는데 골목길 어귀에서 웬 처녀가 내 행색을 유심히 살피고 있었다. 젖통이 불룩한 그녀는 눈이 마주치자 정색을 하고 모습을 감췄다.

골목을 벗어나 두 블록만 언덕길을 오르면 다녔던 초등학교였다. 예전 그대로, 교실 창가에서 손바닥만한 시가지와 바다가 한눈에 내려다보였다. 종고산도, 바다도 섬도 그대로였다. 쌍용양회 사일로도, 방파제도 등대도 그대로였다. 날이 저물어 청도관에 다시 들르니 당숙부가 계셨다.

"밥은 믹여주께."

당숙부는 머물러도 좋다는 말씀을 그렇게 하셨다.

한시름 덜었지만 나는 협상의 끈을 늦추지 않았다. 초등부 애들 가르치는 일만은 한사코 피하고 싶었다. 밥값을 한다면 중고등부나 성인부가 나았다. 요즘 태권도장은 탁아소나 다름없다. 대학 시절, 등록금이나 벌어볼 심산으로 사범질에 발을 들여놨다가 학을 뗀 뒤로 나는 동네 놀이터도 저만치 둘러 다녔다.

"가르칠 애들도 웁써. 관원이 토탈 여섯 멩인디 뭐."

당숙부는 귀를 후볐다. 성인부 넷에 초등학교 애들이 둘. 다들 저 알아서 운동한다고, 당숙부는 내 근심을 털어버렸다.

"그럼… 제가 뭘 해야 될까요?"

"문 열고, 문 닫어."

뒷짐을 지고 사무실 문을 나서는 당숙부의 말이었다.

두 평 남짓한 사무실엔 벽에 붙은 일자 형광등 불빛 아래 당숙부의 8
단 단증이 걸려있었다. 액자 속 종잇장이 누릿했다. 발급연도가 당숙모
가 돌아가시기 두 해 전이었다. 재혼을 마다시면서 승단도 그만두신 모
양이었다. 말년의 당숙부에게 고단자의 위엄과 풍채를 찾아볼 수는 없
었다. 앙상한 어깨와 구부정한 허리가 영락없는 촌로였다. 왼쪽 무릎을
저시는 건 일평생 한 길만 걸은 대가였다. 뒤꼍의 안채를 놔두고 나는
사무실에 잠자리를 마련했다. 방 많은데 뭣 허러, 하셨지만 오래도록 홀
몸으로 지내셨을 분께 불편을 끼치고 싶지 않았다.

청도관에서의 첫날, 나는 새벽에 도장 문을 열었다. 문 열고, 문 닫는
일이 생각만큼 쉽지 않았다. 문지방을 쓸어내고 물걸레로 말끔히 닦아
도 오래된 판자문은 움직임이 신통치 않았다.

"노상 열어놨거든."

내다본 당숙부가 말했다. 아침나절에 아무도 오지 않았다. 도장 마룻
바닥을 밀대걸레로 한바탕 민 뒤에는 할 일이 없었다. 사무실엔 장부도
관원명부도 협회 공문서철도 없었다. 한심하다기보다 서글펐다. 새벽마
다 동네를 뒤흔들던 함성은 옛말이었다. 태권도는 한물갔다.

산책을 다녀온 당숙부가 밥이나 먹고 오라며 등을 밀었다. 아침을 먹
고 오니 웬 노인이 사무실 옆 소파에서 스포츠신문을 들여다보고 있었
다. 좀 있어 두 명의 노인이 더 오더니 머리를 맞대고 장기판을 벌였다.
노인정이 따로 없었다.

오후에 초등학교 아이들 셋이 왔다. 두 녀석만 도복을 입고 있었다.

나는 사무실 유리창으로 아이들 노는 양을 내다봤다. 아이들은 닭싸움을 한다, 공을 찬다, 도장 마룻바닥을 쿵쾅거리며 뛰어다녔다. 당숙부는 뒤뜰에서 텃밭 상추에 물을 주고 계셨다. 한 시간쯤 지나서야 뒷문으로 고개만 들이민 당숙부는 품새들 다 외웠느냐, 하셨다. 두어 회 저희들끼리 태극6장과 고려를 연습하던 아이들은 뒤뜰을 향해 안녕 계세요 관장니임, 입을 모아 외치고 몰려나갔다. 그러고 보니 도장 벽에 태극기도, '국기에 대한 맹세문'도 뵈지 않았다.

저녁이 돼 청년 둘이 나타났다. 그들은 사무실 유리창을 기웃대다 뉘시냐고 물었다. 나는 망설였다. 누굴 가르치라는 말씀은 없으셨다.

"총무예요."

"독서실이나 동창회도 아니고, 태권도장에 뭔 총무가 새로 오셨다요이."

라고 말한 이는 길 건너 중국집 배달원이었다. 상호가 '동방불패'라고, 그는 자신의 직장을 소개했다. 웃지 않으려고 입매를 비트는 동안 안경 쓴 쪽이 거들었다.

"번개 같은께 글죠이."

거든 쪽은 늦깎이 고시생이었다.

둘 다 도복을 갈아입고 몸을 푸는데 가관이었다. 동방불패는 벤치에 60kg짜리 역기를 걸어놓고 시간을 보냈고 고시생의 몸은 막대기였다. 겨루기 기본 스텝(짓기)도 배운 적이 없는 사람들이었다. 창 너머로 지켜보던 나는 누가 저런 사람들에게 검은 띠를 두르라고 허락해줬는지 찾아가 따지고 싶은 심정이 되고 말았다. 뒤뜰 화장실에서 샤워를 마치고 귀가하는 그들에게 성인부가 네 명 아니더냐고 물었다.

"회사원이 한 사람 있는디 통 안 뵈는 게 그만둔 것 같고라. 카더라는 오늘 안 나온갑소."

'카더라' 는 또 뭐냐고 물으려는데 누가 도장 문을 들어섰다.

"운동 다 끝나뿟나?"

"아따, 운동을 허겠다는 거여, 말겠다는 거여?"

"오늘 내 쪼매 바빴다 아이가."

그가 '카더라' 인 모양이었다. 무스 발라 뒤로 넘긴 머리에 두툼한 손지갑을 손목에 건 그는 동네 미용실 사장이라고 했다.

"자네 마누라가 사장이제 자네가 뭔 사장이당가?"

"와이푸는 원자이고. 불패 니너 차말로 헤어 디자이너 직제를 그래 모리나."

"운동도 안 험서 도장은 안 잊어묵고 출근허네이."

"운동은 빠자도 술은 거르마 안 된다카이까네."

셋은 어울려 골목을 빠져나갔다. 9시 뉴스를 시청하던 두 노인까지 몸을 일으키고 나자 도장은 텅 비었다. 밤이 깊어 당숙부는 술에 취해 돌아오셨다. 도장 옆에 붙은 쪽문을 통해 안채로 들어가시다 나를 보자 골목 바깥을 가리키며 밤참이라도 들고 자라셨다.

나는 도장 문을 닫았다.

밥집

　골목 입구의 밥집은 간판도 없었다. 창호지가 발라진 유리문을 열고
들어서야 탁자 몇 개가 놓여있고 벽에 차림표가 걸린 게 식당이란 걸 알
수 있었다.

　"새로 오신 사범인갑소?"

　여주인이 아는 체를 했다. 딸인 듯싶은 여자가 물을 내오는데 전날 기
웃대던 젖통 불룩한 처녀였다. 어디로 사라졌나 싶더니 밥집으로 들어
간 거였다.

　"서울서 왔다요?"

　그녀는 경계심 반, 호기심 반인 얼굴로 물었다. 전날 황급히 내빼던
데 비해 당돌했다. 그녀는 제 어머니가 주방으로 들어간 틈을 타 또 조
르르 달려왔다.

　"아저씨, 운전할 줄 아요?"

　"모르는데요."

　"사내가 운전도 못 허고 어따 쓴다요."

　여자는 홱 돌아서더니 더 말이 없었다. 좀 있어 식사를 내오는데 입이
벌어졌다. 놓이는 밑반찬만 열 가지쯤 됐다. 차림표에 저절로 눈이 올라
붙었다. '백반 3,000원'

　"도장에 관원도 없을 것인디 어찔랑가 모르것소이."

　건너편 탁자에 앉더니 아주머니가 말을 건넸다.

"그렇더군요. 여기서 오토바이나 몰아드릴까요?"

"뭔 오도바이? 우린 배달 없는디?"

"따님이 저한테 운전할 줄 아느냐고 묻길래요."

저 오살 년이. 제 딸을 노려본 아주머니는 그런 게 아니라고 했다. 아조 한시도 진득허니 못 붙어있고 놀러 댕길 궁리만 허요 안.

"손바닥만헌 동네에서 숨이 칵칵 맥힌디 그문."

딸은 실파를 다듬다 대뜸 말을 받았다.

"그런 거라면 도장 청년들에게 부탁해보지 그래요?"

"쳇, 그 건달들."

그녀는 일없다는 표정을 지었다. 그나지나 젊은 사람이 어찌고든지 돈 고인 서울에 붙어 있어야제, 하는 아주머니의 말에 나는 밥 한 술을 크게 떠 입에 넣었다.

다니던 직장을 몇 차례 그만둔 뒤 나는 무작정 종형을 찾아갔었다. 종형은 가락동에서 분재상을 했다. 딱히 분재업을 배워볼 생각이 있던 건 아니었다. 나는 사회에서 밀려난 자들이 으레 겪는 피로감에 시달리고 있었다. 어디든 처박혀있을 곳이 필요했다. 종형의 비닐하우스에 머문 지 일주일째 되던 날, 종형은 나를 갈빗집으로 데려갔다.

소주잔 옆에 종형은 약도 한 장을 내려놨다.

"우리 다녔던 초등학교 근처여. 당숙이 거기 도장을 인수한 지 한 10년 가차이 됐다."

　자라면서 당숙부를 뵌 일은 드물었다. 명절에도 고향에 잘 나타나지 않았다. 젊은 시절의 당숙부는 친척들 사이에 오가던 말로, '충장로 바닥'에서 '날랐' 다.

　왼발 돌려차기로 페인트(속임)를 주며 파고들어 역회전으로 전광석화처럼 터지는 당숙부의 왼발 회축(몸돌려차기)에 걸리면 남아나는 놈이 없더라는 거였다.

　"사시미를 들었건 맥주병을 쥐었건 소용없어. 빠각, 허고 턱뼈 깨지는 소리가 울림서 대자로 둔눠불드랑께. 그러곤 끝이여. 구경허고 자시고 헐 짬도 없어."

　청도관파의 구식 발차기는 발 앞축과 뒤꿈치를 주로 사용했다. 반몸 돌리건 온몸 돌리건 회전을 먹인 상대의 뒤꿈치가 제 관자놀이나 코끝을 종잇장 한 장 차이로 스치는 순간에 이는 서늘함이란 썩 기분 내켜 곱씹어볼 추억 같은 게 못 된다. 등골이 선뜩선뜩했다. 빗차기(반달차기)나 돌려차기마저 괭잇날처럼 발목을 꺾고 발가락을 젖혀 상대방 몸통에 박아 넣도록 가르쳤다. 청도관식 발차기는 오도관을 거쳐 경기 태권도로 들어서면서 발등과 발바닥을 사용하도록 기술의 변모를 겪는다. 중심을 놓치기 쉬웠고, 발목을 접은 탓에 족장足長만큼 가격 동선이 짧아지기 때문이었다. 당숙부는 해방 전 서대문구 옥천동에 소재했던 청도관 본관 출신이었다.

　소년체전이 벌어지면 인솔 관장이나 감독관 자격으로 온 당숙부의 얼굴을 먼발치에서 일별하곤 했다. 시합을 치르느라 다가가 인사를 드릴 염은 없었다. 당숙부는 광주에서 도장을 운영하며 나이트클럽 한 곳의 '영업상무' 직을 따로 가지고 있었다. '충장로 바닥' 에서 당숙부를 뵌 적은 딱 한 번이었다. 종형과 함께였다. 거리를 걷던 종형이 마주 오는 칼 눈썹의 사내를 향해 허리를 구십 도로 꺾었다.

"니그들 공부 안 허고 놀러 나왔냐?"

"아뇨, 독서실 왔다가요."

우리 둘을 번갈아 보던 당숙부는 중학생들로선 감당하기 힘든 돈을 내밀었다.

"고깃근이나 끊어 묵음시로 공부해라."

그 시절의 당숙부는 미끈한 검정 실크 셔츠만을 고집했다. 바지도 마찬가지였다. 옷감 위로 드러나는 깡마른 몸 선은 전신이 그대로 잘 고른 회초리였다. 비단보에 싸인 독사처럼도 보였다. 좁고 팽팽한 엉덩이가 군살 붙을 틈이 없는 태권도 선수의 전형이었다. 명절에도 당숙부는 그런 차림으로 나타나 문중 어른들의 심기를 긁어놓곤 했다. 하지만 나는 생각이 달랐다. 그것은 바람 가르는 맛을 아는 자들만의 미학이었다.

"너도 체전이다, 선수권대회다, 대학 가서까지 그 방면으로 분주했잖냐."

기운 내고. 종형은 내 어깨를 두드렸다.

'니가 분재를 해볼 놈은 아닌 것 같고.' 라는 종형의 넋두리에 "소주 한 병 디리까?" 하는 목소리가 섞여 들려왔다.

고개를 드니 주인아주머니가 물끄러미 쳐다보고 있었다.

“아뇨, 다 먹었습니다.” 나는 수저를 내려놨다.

“술도 파시나 봐요?”

“관장님도 늘 여그서 약주 한 잔쓱 허고 들어가세.”

밥값을 치르려 하자 여주인은 손을 저었다. 당숙부와 약조가 돼있는 모양이었다.

체렌코프 광 Cherenkov radiation

청도관에서 두어 달을 지내는 동안 내가 한 일이라곤 문 열고, 문 닫는 일이 다였다. 날이 밝으면 느지막이 문을 열었다. 뒤꼍 화장실까지 청소하고 나면 그날 일은 끝이었다. B시는 고요했다. 도장 문가에 걸상을 내놓고 봄볕을 누리고 있노라면 더 바랄 게 없었다. 골목 담장 너머에서 무화과 익는 향기가 건너왔다. 밥맛이 달디 달았다.

첫날에 봤던 백구는 항상 걸상 옆으로 와 낮잠을 청했다. 본디 제 자리라는 뜻 같았다.

“인자 청도관에 사범이 둘이네이.”

“그러게 마시.”

문가에 앉았노라면, 도장에 들어서는 노인들이 말을 던지곤 했다.

날이 좋으면 당숙부는 채비를 하고 바다로 나가셨다. 볼락이나 노래미를 낚는 날이면 밥집 저녁상에 여지없이 매운탕이 올라왔다. 밥집 딸

단감이가 성화를 대면, 나도 마지못해 함께 섬 동백을 보러가곤 했다. 불패, 고시생, 카더라와 어울려 시내 번화가에서 한 잔 걸치는 날도 있었다. 무료하면 안채에서 당숙부의 책을 꺼내다 보거나 불패와 더불어 역기를 들었다. 그러나 메고 온 가방 깊숙이 개켜둔 도복엔 일절 손을 대지 않았다.

대부분의 낮 시간을 나는 도장 문가에 앉아 햇볕을 쬐며 보냈다. 시간의 흐름은 별마다 유속이 다른데 이 별을 벗어나지 않고도 다른 흐름에 몸을 맡길 수 있다는 게 좋았다. 굽이치던 시간의 물살이 B시에 이르러서만은 느리고, 나른하게 흘렀다.

대학에 입학해서까지 나는 태권도에의 미련을 접지 못했다. 남들 춘투 나서서 화염병 던지고 최루탄 마시고 잡혀가는 동안 나는 국기원으로, 경원대로, 건국대 체육관으로 시합을 뛰러 다녔다. 강남역 언덕배기 정상의 국기원에는 건물 마당으로 분분분, 벚꽃 나리는 광경을 한눈에 내려다볼 수 있는 벤치가 있다. 이기면 이기는 대로, 처맞고 지면 지는 대로 나는 그 벤치를 찾곤 했다. 벚꽃 지는 풍경은 꿈과 같고, 환과 같고, 물거품 같고, 그림자 같았다. 카미오칸데*의 뉴트리노들 같았다.

세상엔 빛보다 빠른 물질이 없는데 '진공 상태'라는 전제하에서였다.

---

* 카미오칸데 kamiokande : 일본 기후현 카미오카 폐광에 건설한 중성미자(neutrino) 관측장치. 5만톤 용량의 수조 안에 광전자증배관(Photomultiplier)이 설치돼있다. 양자 붕괴의 발견과 중성미자(neutrino) 검출이 목적이다.

다른 매질, 이를테면 물 같은 매질을 지날 때면 빛보다 빠른 물질이 존재했다. 뉴트리노(중성미자)가 그랬다. 물질이 음속의 벽을 부술 때 소닉붐(sonic boom)이 일듯, 어떤 매질에서 물질이 광속을 넘어서게 되면 순간적으로 빛을 내뿜는 라이트 붐(light boom) 현상이 나타났다. 러시아의 과학자, 파벨 체렌코프는 이 짙푸른 빛에 자신의 이름을 붙였다.

가로 8미터, 세로 8미터. 심판의 수신호에 따라 사각의 공간에 들어서면 세상엔 꺾어야 할 상대와 나뿐이었다. 절절히 외로웠다. 무슨 수를 써서든 상대의 간합間合을 무너뜨리고 파고들어야 했다. 라인에 발을 올려놓을 적이면 나는 빛의 경계를 넘어선 뒤 스스로가 빛으로 화하고 만 카미오칸데 수조 속 푸른 인광들의 산화散花를 그려보곤 했다. 승부는 꿈과 같고, 환과 같고, 물거품 같고, 또……. 생각에 잠겨있을라치면 골목 입구에서 단감이가 이쪽을 향해 목을 빼고 기웃대곤 했다. 궁금한 게 많은 성미였다.

"뭔 생각이 그리 많소?"

또 어딜 나돌아 다니고 싶어 못 배기는 눈치가 빤했다.

"빛에 대해서."

"빛?"

"그래, 니가 가로막고 선 그 햇빛. 그게 태곳적 과거의 빛이란 생각을 하고 있다."

"오마? 나가 알기론 아까 전에 아침부터 극성입디다만?"

"태양에서 지구까지는 광속으로 8분 거리래. 그런데 빛은 태양 중심부에서 핵융합 반응으로 생성되거든. 그게 태양 표면까지 올라오는 데 10만년 정도 소요돼. 그러니 니가 가리고 있는 햇빛은 10만년하고 8분이나 된 빛이란 소리지."

팔짱을 끼고 듣던 단감이는 감탄을 마지않았다. 비슷한 말을 하는 부부를 본 적 있다는 거였다.

"아저씨랑 잘 통할 거 같은디 한번 만나볼라요?"

그녀 팔에 이끌려 당도한 곳은 B시를 가로질러 흐르는 연등천이 바다와 맞닿는 포구였다. 한 쌍의 벅수 앞에 선 그녀는 석상들의 볼을 차례로 어루만졌다.

"자, 하늘을 관장하는 남정南正이시고, 글고 요짝은 바다를 지키는 화정火正이시고."

전라 좌수영 당시 병선, 귀선龜船을 묶어두던 사람 키 높이의 계선주繫船柱였다. 남정의 이름은 중重, 화정의 이름은 려黎. 전욱 고양씨 시대의 인물들이었다.

"내외가 두루 생각이 깊고 과묵하셔서 이녁이랑 궁합이 딱일 것이요."

그녀는 나를 서울벅수라고, 두 내외에게 소개했다.

해가 지자 즐비하던 어시장이 싹 걷혔다. 이어 내를 따라 늘어선 포장마차들이 점점이 불을 올렸다. 집마다 연등이었다. 불 밝힌 포장마차들은 밤이 깊을수록 바다로 떠내려갔다. 단감이와 나는 벅수들 발치까지 흘러온 연등 한 촉을 차지하고 병어회를 썰어놓고 밤을 보냈다. 포장 밖 화정 려가 검은 바다를 굽어보고 있었다. 퉁방울눈에 두툼한 귓불을 가진 석상은 불과, 여름과, 남쪽 바다를 지키는 수호신이었다.

제 젖가슴 골로 빠져드는 내 시선을 돌려놓으려고 단감이가 자꾸 턱을 밀었다. 조각달이 구름에 낯을 파묻은 동안, 조선 수군 차림의 사내가 귀선의 계류삭을 지고 올라왔다. 사내는 화정 려의 허리에 뱃줄을 단단히 비끄러맸다. 굵고 빛바랜 삼줄이었다.

신입관원

입관원서를 쓰자마자 사내는 메고 온 도복을 펼쳤다. 몸을 풀고 가겠다는 거였다. 사내의 도복은 유도복처럼 앞섶이 양쪽으로 나뉜 구형이었다. 그보다 더 인상적인 것이 그의 검은 띠였다. 들인 물이 다 빠져버려 비에 젖었다 마른 새끼줄 꼴이었다. 불패와 카더라가 휘둥그레진 눈짓을 주고받았다. 사내는 아랑곳없이 도복을 갈아입고 닳아빠진 띠를 허리에 잡아맸다. 막 중병을 치르고 난 사람처럼 여윈 몸에 키만 훤칠했다.

사내는 한 시간 동안 요가로 몸을 풀었다. 구슬땀이 흘러 도복이 등에 척 달라붙었다. 얼마나 운동을 했는지 모른다 해도 얼마나 운동을 쉬었는지는 짐작할만했다. 사내가 요가를 끝낼 즈음 소파에 앉아계시던 당숙부가 안채로 건너가셨다. 나머지 30분을 사내는 차올리기 연습에 할애했다. 오래도록 굳은 몸이었다. 운동을 마치자 사내는 무릎을 꿇고 긴 묵념에 들어갔다. 머리칼까지 젖어있었다. 일어서면서 사내의 손이 가

슴으로 올라갔다가 뒤미처 도장 벽을 두리번거렸다. 태극기를 찾는 거
였다.

　"받지 말아라."

　사내가 돌아간 뒤, 사무실에 들른 당숙부가 말씀하셨다. 나는 귀를 의
심했다. 청도관에 와서 처음으로 받은 신입관원이었다. 그러나 어째서
냐고 여쭐 수는 없는 노릇이었다. 다음날 찾아온 사내에게 나는 입관비
와 월 회비를 돌려줬다. 받지 말라십니다, 라고 말씀만 전할 수밖에 없
었다.

　사내는 도장 문을 닫을 때까지 안채로 통하는 뒷문 가에 꿇어앉아 있
었다.

　"저라도 지도하면 안 될까요?"

　"니가 가르칠 사람이 아니여."

　보다 못한 내가 안채로 찾아가 청해도 당숙부는 단호했다. 나는 단증
과 사범 자격증, 3급 생활체육지도자 자격증을 꺼내놓았다.

　"저도 밥값은 해야 되지 않겠습니까."

　"너 보고 밥값 달란 적이 있더냐?"

　당숙부가 나가시고도 사내는 움직이지 않았다. 그만 돌아가라고 타
일렀지만 사내는 말이 없었다. 도장 문을 닫고 불을 껐다. 사내는 어둠
속에서 미동도 없었다.

　밤늦게, 당숙부는 만취해 돌아오셨다.

"가르칠 테면 가르쳐 보거라."

나는 사내에게로 가 내일부터 나와도 좋다고 전했다.

"정재엽입니다."

"알아요."

"잘 부탁드립니다."

사내는 쉽게 오금을 펴지 못했다.

재엽씨를 가르칠 필요는 없었다. 그가 입관원서의 운동 경력란에 기재한 단수는 5단이었다. 제 몸을 회복시키는 요령을 누구보다 잘 알고 있을 터였다. 그는 무리하지 않고 완급을 조절하며 운동강도를 높여갔다. 오랜 시간 요가로 몸을 풀고 나면 언제나 차올리기에 중점을 뒀다. 앞 차올리기, 옆 차올리기, 뒤 차올리기. 도장 벽의 바를 붙들고 서서 그는 횟수를 점차 늘려갔다. 마흔 다섯의 나이를 염두에 두자면 진전속도가 빠른 편이었다. 그의 기량이 회복되고 있다는 것은 다른 관원들의 동향에도 드러났다.

선무도에 정도술에 똬한머루에, 합이 10단이라는 카더라가 그중 먼저 집적대다 곧 물러났다. 자신이 추구하는 정통 무예의 길과 철학이 다르더라는 게 카더라의 변이었다.

"그럼 재엽씨 철학은 뭐라던가요?"

"사래미 말이 엄써. 무도는 철학이 생미인데……."

다음으로 나선 사람은 고시생이었다. 함께 차올리기를 하며 뭔가 하나라도 배우고 친해지려는 눈치였지만 재엽씨는 별 반응이 없었다. 선뜻 남을 가르치려 들지 않았고 제 운동에 바빴다. 결국 상대의 수련을 따라잡기 벅차다는 걸 깨달은 막대기는 스스로 물러섰다. 불패는 주로 뒤풀이를 빌미로 꼬드겼다. 몇 번을 붙들었지만 재엽씨의 거절은 정중했다.

"몸이 예전 같지가 못합니다."

십 년의 연배차도 작용을 했다. 제가 끼이면 불편하실 겁니다.

두 달이 지나자, 반달 내려찍는 그의 다리가 귓가에 착착 올라붙었다. 괭잇날 발목이었다.

"청도관이군."

사무실 유리창으로 지켜보던 내 입에서 혼잣말이 튀어나왔다. 뒤차기 각도가 정확하게 나오는 것을 확인하고부터 그는 기본 발차기에 들어갔다. 그날 저녁, 낚싯대를 걷고 돌아온 당숙부가 사무실 문을 밀었다. 전에 없던 일이었다.

"뭣 허냐."

당숙부는 턱 끝으로 재엽씨를 가리켰다.

"갈친다메."

"5단입니다. 알아서 합니다."

"그건 나도 안다."

미간을 좁힌 채로 당숙부는 창밖을 내다봤다. 불패들이 역기 벤치에 모여앉아 UFC니 프라이드니 잡담에 열중이었다. 다른 쪽 구석에서 내뻗고 있는 재엽씨의 발동작이 정교했다. 뒷목이 땀으로 번들거렸다. 이

읔고, 당숙부가 입을 열었다.

"나가서 같이 운동해라."

나는 황망히 일어섰다. 주머니에 든 뭔가를 빠뜨린 기분이었다. 문을 나서는데 귓등에 따라붙는 한 마디가 등짝을 후려쳤다.

"도복은 가져왔잖애."

질주

남도의 여름 햇발은 마치 폭우 같다. 내리꽂히는 것만으로 성이 안 차 사방으로 튀어 오르며 빛의 파편을 흩뿌렸다. 단감이가 발갛게 익은 무화과를 한 소쿠리나 따와서 도장 문가를 기웃거렸다. 땀에 젖은 도복이 불편해 팔소매를 잘라내야 했다. 몸이 풀리기까지 근 한 달이 넘게 걸렸다. 어느 새벽, 녹초가 돼 곯아떨어졌는데 당숙부가 사무실에 들어오셨다.

"인나그라."

잠에서 덜 깬 나는 손을 뻗어 자명종부터 찾았다.

"그걸 운동이라고 헌다냐."

"어쩐 일이세요?"

"오늘부터 재엽이 그 친구 데리고 방파제까지 뛰어라."

아이고, 죽는 소리부터 나왔다. 한여름에요?

“근께 해 뜨기 전에 뛰어야것제?”

방파제까지는 왕복 8km였다. 재엽씨는 군말 없이 따라나섰다. 숨이 막힐 듯한 통증을 견디며 내닫다보면 어느덧 의식이 맑게 개는 순간이 찾아왔다. 몸과 영혼 사이의 약속 같았다. 따로 놀던 전신의 힘줄과 근육 들이 한 가닥으로 짱짱히 동여매지는 걸 느낄 수 있었다.

장맛비가 퍼붓는 날에도 재엽씨는 청도관 문을 두드렸다. 파도가 방파제를 집어삼킬 듯 넘실거렸다. 허리를 굽히고 숨을 고르는 그를 향해 무슨 사연이라도 있느냐고 물었다.

“숨길 생각은 없습니다. 다만…….”

테트라포드를 치고 올라온 파도가 열 길이나 솟았다가 머리 위로 쏟아져 내렸다. 다음 차례의 파도가 웬만한 산더미만하게 부풀며 일어서고 있었다. 허리를 편 그는 파도를 향해 마주섰다. 방파제 끝이었다.

“여기서 더 내딛을 순 없겠죠?”

비바람에 묻혀 그의 고함소리가 간신히 들렸다. 나는 눈도 뜨기 힘들 정도로 쏟아지는 빗줄기 속에서 고개를 끄덕였다. 사람은 벚꽃잎이나 뉴트리노가 아니었다.

빛의 질서를 넘어설 순 없다.

언제부턴가 당숙부는 사무실에 나앉아 계시는 일이 잦았다. 당신의 낚싯대가 며칠씩 손을 타지 못하고 뒤뜰 마루턱에 걸쳐 있곤 했다. 그러다 보니 불패들까지 마냥 잡담으로 시간을 때울 수는 없게 됐다. 미트를 주고받는다, 안 하던 품새를 연습한다, 바빠진 그들 틈에서 나는 재엽씨에게 웨이트–트레이닝을 소개했다. 벤치에 누운 그는 낯설어했다.

"우습게보면 안돼요. 서양인들은 고대 그리스 시대부터 이걸 했습니다. 2차대전 뒤에 게르만들이 체계화했죠."

나는 원리를 설명했다.

"적절한 자세와 운동 궤도를 통해 단련하고 싶은 근육 부위에만 수용한계 이상의 모멘트를 떨어뜨리게 되면, 해당 근육세포들은 죽음의 위협에 노출됩니다. 뇌세포와 달리 근육세포들은 단순하고 원시적이에요. 파열되는 비극에서 벗어나 살아남으려고 적극적으로 양분을 흡수해 몸집을 부풀리죠. 그 과정을 반복해 벌크(bulk)를 늘리는 겁니다."

"신기하군요."

"흔히들 가장 귀족적이면서 가장 천한 운동이라고 해요."

"귀족적?"

"운동을 끝낸 뒤 실컷 먹고 놀아야 효과를 보는 운동이라서요. 각별한 운동신경도, 부단한 기술연마도 필요 없습니다. 하지만 모든 운동의 기반이 돼주죠."

레그–익스텐션(leg-extension), 레그–컬(leg-curl) 기구가 따로 없어서 카센터에서 고무 튜브를 얻어오고 벤치의 역기 무게를 조절해 스쿼트(squat)를 할 즈음, 당숙부께선 뒤뜰 창고로 나를 데려갔다. 중국 남권 수련자들이 쓰는 목인장(木人椿 Muk Yan Chong) 한 벌이 창고 구석에 먼지를 뒤집어쓰고 서있었다. 손을 봐서 도장에 들여놓자 불패들

눈이 화등잔만해졌다.

"이것도 가르쳐라."

국기 태권도, 평생을 한 길만 걸으셨던 분의 입에서 나온 말씀이라곤 믿기 힘들었다.

목인장을 들여놓은 뒤로 당숙부는 관원들의 지도에도 관여했다. 달리 보자면 굳이 지도랄 것까진 없겠다. 뒤뜰과 사무실을 오가다 툭 던지는 한 마디가 고작이었다. 이를테면 고시생의 정권지르기에,

"어깨를 넣어라."

고 주문하신다든가, 상대가 회전을 하면 무조건 뒤로 빠지고 보는 카더라를 향해,

"폭풍의 눈으로 파고들어야제."

라고 일갈하신다든가, 공중으로 뛰어오르기 좋아하는 불패를 향해,

"두발당사니는 쓰지 마라. 빗나가기 일쑤고 자빠지기 십상이다."

하는 식이었다.

재엽씨도 예외일 순 없었다. 나를 상대로 대련을 마친 재엽씨의 눈앞에 당숙부는 쥐고 계시던 릴낚시 초릿대를 내밀었다.

"카타(型, 품새)는 뭐고 쿠미테(對鍊, 겨루기)는 뭔가?"

재엽씨나 내겐 생소한 일본어였다.

"다시 묻겠네. 모든 무도는 통하는가?"

"……."

"여기 테니스채와 배드민턴채와 탁구채가 있네. 통하겠나?"

"통할 듯싶습니다."

재엽씨가 대답했다.

"현정화가 테니스를 한다면 기초부터 다시 배워야 되지 않겠나?"

"……."

"그렇기도 하고 아니기도 하지 이 사람아."

재엽씨의 대답을 고쳐준 당숙부는 말을 이었다.

"그렇기도 한 면에서 얘기해보겠네."

당숙부는 초릿대를 수평으로 들어 중간을 잡으셨다.

"어느 무도에서건 그 기술이란 이 초릿대 길이를 절반으로 줄이는 과정일세. 복서가 제 어깨 뒤로 주먹 흘리는 법 없고, 검사의 칼끝이 제 머리 뒤로 내려가는 일이 없는 것은 그래서일세. 허나, 기술을 체득한 자들 간의 승부는 여기서 이뤄지네."

당숙부는 다시 초릿대 길이 절반의 절반, 1/4 부분을 짚으셨다.

"이걸 결정짓는 건 뭔가?"

재엽씨는 짧은 숨을 토했다. 간합입니다.

"자네 몇 단인가?"

"오 단입니다."

"1/4초의 간합이건 종잇장 한 장의 간합이건 자네 말대로 간합일세. 물은 그릇을 채우기까지는 그릇 생김새를 따라가네. 그러나 다 채우고 나면 본디의 무정형을 되찾아 흘러넘치지. 자넨 이미 그릇을 채우고도 거기서 주저앉을 셈인가?"

그날 도장 문을 닫고도 당숙부는 돋보기를 걸치고 사무실에 남아계셨다. 사무실에 들어가자 당신께선 B시 태권도협회 공문을 내밀었다.

"가을에 진남관배 B시 태권도대회가 있다."

"시합을요?"

나는 어이가 없었다.

"재엽씨랑 불패들 데꼬 단체전에 나가봐라."

"저까지 말입니까?"

"니까지 넣어야 정족수가 차지. 체육관별 5인쓱인디."

점입가경이었다.

"그래도 명색이 사범이라서……."

나는 버텨봤다. 당숙부가 돋보기를 벗고 건너다봤다.

"나는 관장이여."

쇼토칸 松濤館

관원들에게 알렸더니 반응이 의외였다. 불패들은 너나없이 환호성을 올렸다.

"잘 돼버렸어. 글 안 해도 노도관 새끼들을 한번 봐버릴 참이었는디."

불패가 무릎을 쳤다. 노도관은 시내 쪽으로 버스 두 정거장 거리에 있는 태권도장이었다. 시내 번화가에 놀러 갈 때마다 그쪽 관원들이 흘깃

거리다 어깨를 부딪곤 하더라는 거였다.

"거가 쪽수는 좀 많애라."

"한 열댓 놈 되제이."

"B시에 태권도장 캐봐야 및 개 안 되이까네 출전하마 글마들하고 대번에 붙겠네, 그자?"

전의를 불사르는 건 좋았지만 나는 앞이 막막했다. 재엽씨는 웃고 있었다.

"해보죠."

시합일까지 3개월여, 그 기간에 출전경험이 전무한 관원들을 선수로 만든다는 것은 불가능한 일이었다. 재엽씨마저 출전경력이 미미했다. 나는 크게 기대하지 않기로 했다.

그들은 화려한 기술을 선보이고 싶은 상대를 충동하기에 딱 좋은 먹잇감이었다. 경기장에서 실려 나오지나 않으면 다행이었다. 나는 3분 3회전을 견딜 체력을 보강해주는 데에 초점을 맞춰 훈련 프로그램을 짰다. 불패들을 새벽 달리기에 동참시키고 저녁 운동시간 앞뒤로 웨이트-트레이닝과 로테이션 대련을 끼워 넣었다. 시합을 일 개월 남기고부터 호구護具에 적응시키기로 하고 수련은 겨루기 기본스텝 일 개월, 정지타겟(표적) 일 개월, 이동타겟 일 개월의 식이었다.

불패들은 마다않고 늘어난 운동량을 감내했다. 여름을 나는 동안, 사무실로 두 통의 전화가 걸려왔다. 한 건은 중국집 동방불패의 주인이었다. 그는 불패가 낮에 내내 존다고 투덜댔다.

"아 일을 시킬 수가 있시야지."

다른 한 건은 미용실 원장이었다. 그녀는 카더라가 집에만 오면 곯아 떨어져버린다며 미심쩍어했다.

"도장에 오긴 옵디여?"

나는 카더라를 불러 도장 뒤꼍 세탁기에 넣던 도복을 집에 들고 가 빨도록 했다. 모르긴 해도 고시생 역시 사정은 마찬가지일 터였다.

시합을 앞두고 생긴 청도관의 변모는 그것만이 아니었다. 도장에 붙박여 죽치던 노인들까지 바뀐 분위기에 가세했다. 봄 늦어 언젠가, 나는 이 노인들에게 화를 발칵 낸 기억이 있다.

그들은 가장 일찍 나타나 밤늦게 돌아갔다. 서로를 김가야, 황가야 불렀으므로 나는 그 이상을 알지 못했다. 소파에서 바둑, 장기를 두는 것은 좋았다. 화투 패를 돌리다 동방불패에서 짬뽕을 불러다 먹는 것도 그러려니 했다. 트로트를 틀어놓고 볼륨을 한껏 높여도 나는 뭐라지 않았다. 그러나 다방에 커피까지 주문해 배달 온 아가씨 허벅지를 번갈아가며 쓱쓱 문지르고 있는 광경에는 그만 폭발하고 말았다.

"니이미 씨벌, 여가 다방이여 술집이여?"

사무실 문을 걷어차고 나가 테이블을 엎어버리자 혼비백산을 한 아가씨가 도장 밖으로 줄달음을 쳤다. 불식간에 내 입에서 튀어나온 전라도 사투리에 혼자 신통해하고 있는 사이, 도망쳤던 아가씨가 돌아와 보온병이요 씨, 하고 울먹이다 마룻바닥에 나동그라진 제 보온병을 소중히 끌어안고 돌아갔다.

그러고 발을 끊을 줄 알았던 건 내 오판이었다. 세 노인은 끈질기게 찾아왔다. 사무실 문을 나서면 화투 패를 쥐고 있던 박 노인이 이를 드러내고 웃었다.

"우리 쩜 백짜리시."

나는 두 손 들고 말았다.

그런데 모르는 새 이 양반들이 장기판과 화투 패를 걷어버린 거였다. 손을 놓은 대신, 노인들은 팔짱을 끼고 앉아 운동하는 불패들을 향해 이것저것 간섭을 해대기 시작했다.

"아따, 지금 시대가 어느 시댄디 헛둘서이너이 새마을 운동이여? 스트레칭은 발레리나들 허대끼 과학적으로 해야제."

고시생을 향해 핀잔을 주는가 하면,

"아야 너이. 이, 너 말여. 어디 가서 나 태꼰도 한 가락 했소, 헐라문지 발차기가 놈들 주먹 속도만치는 나와야 된다이."

카더라를 바보로 만들고,

"너는 밭이나 갈문 잘 갈것다."

땀에 젖은 불패를 딱하다는 눈길로 바라보곤 하는 거였다. 그러다 김 노인 같은 경우, 제 성정을 못 참고 벌떡 일어나 대련 중인 불패와 카더라를 제지하고 끼어들기까지 했다.

"아 요로고 상호가 거울 품으로 섰을 짝에, 상대가 돌려차기로 들어오면 45도 빠진담서 뒤로 아조 빠져불문 어찌고 담 동작이 나온다냐? 계속 말려불제. 내동 갈체놔도 그네이.”

일장훈시를 쏟아놓는 거였다. 불패들은 관장의 친구분들이라 무르춤해있고 나는 나대로 사무실에 나앉은 당숙부의 눈치를 살폈지만, 그럴 때면 당신의 눈길은 넌지시 다른 곳을 향해 있었다. 내버려두라는 말씀같아 어찌해볼 도리가 없었다. 정히 못 보겠어서 마룻바닥으로 뛰쳐나온 김 노인을 다독여 소파로 돌려보내면 그는 샐쭉해져서 이렇게 덧붙이는 거였다.

“대련은 연애질이나 매한가지여. 꼭 보문 가시내 못 사귀는 것들은 쌈도 못 허드랑께.”

여름을 지나면서 노인들의 참견은 도를 더해갔다. 숫제 불패들에게 면박을 주는 재미로 청도관에 나타나는 것 같았다. 예전처럼 판이나 벌이시라고 해도 들은 체 만 체였다.

제 허리도 못 펴는 양반들이 관원들을 붙들고 왼품, 오른품 발을 바꿔가며 열변을 토하는 모습은 보고 웃기도 난처한 풍경이었다. 그들의 지적이 전혀 동떨어진 가르침이 아닌 점만은 신통했다. 누군가가 언젠가는 짚어줬어야 할 것들이었다. 처음엔 체육관 드나든 풍월이겠거니 여겼다. 그러나 그들의 입에서 쇼토칸이란 말이 나오면서부터 나는 그들을 새삼 눈여겨보게 됐다.

운동을 마친 카더라와 고시생이 태권도의 역사에 대해 떠들던 날이었다. 두경승이니 이의민이니, 수박이니 태껸이니, 석굴암 금강역사에 고구려 무용총에 동수묘까지 등장하는 그들의 열띤 토론이 뒤뜰 화장실로 멀어지고 나자, 노인들 중에 그나마 뒷전이던 황 노인이 입을 열었다.

"동경에 쇼토칸이 세워진 게 언제였제?"

"해방 전이제."

"중일전쟁 끝나고여. 일천구백삼십구년이시."

노인들은 딱히 뉘랄 것도 없이 말을 주고받았다.

"후나고시 선생이 오키나와 출신이긴 해도 사무라이 가문이었다제?"

"근담서."

박 노인이 손을 꼽았다.

"글고 보문 이원국 선생, 노병직 선생, 최홍희 장군, 엄운규 원장, 또 보자 김제의 최영의까정 모다 거그서 나왔제이."

"우리 유학생들이 왜넘덜한테 밀리든 안 했어. 쇼토칸 주장도 및 번씩 맡아서 했은께."

"엄 원장 팔꿈치는 장안에서 알아줬제이."

"아따, 손날 목치기란께 이 사람."

"최홍희 아들이 죽 쒀버러서 ITF도 시들시들해이."

"두환이 잡는다고 설치던 놈 말인가?"

"자네도 아들 간수 잘해야 돼아."

노인들은 재엽씨를 곁눈질하다 말을 끊고 몸을 일으켰다.

그날 밤, 재엽씨는 내게 모처럼 술자리를 청했다. 흘려듣긴 했으나 그도 낌새가 수상했던 눈치였다. 밥집엔 당숙부와 노인들이 진을 치고 있을 터였다. 우리는 길 건너 맥주집에 자리를 잡았다.

"서대문의 청도관, 개성의 송무관. 이 나라 태권도의 두 본산이죠. 가라테 명인 후나고시 기친船月義珍의 송도관에서 수학하고 귀국한 두 조선인 제자들이 사액의 형식으로 각각 한 글자씩 받아와 세운 겁니다."

"태권도가 가라테란 말인가요?"

뜻밖이었는지, 그가 잔을 내려놨다.

"모르셨나요?"

"……."

"꼭 기원을 짚자면 당수라고 해야겠죠. 가라테는 오키나와 제도諸島에서 유입됐고, 오키나와테는 중국에서 유래된 당수唐手이니 말입니다."

생각에 잠겨있던 그는 최홍희 아들에 대한 이야기도 물었다. 1981년, 최홍희의 아들 최중화는 필리핀에 순방 온 전두환의 암살을 도모했다. 미화 100만불에 마피아 저격수를 고용했으나, 암살은 무위에 그치고 최중화는 캐나다로 도주했다가 체포됐다. 그 후로도 해외의 태권도 사범들이 여러 차례 전두환의 목숨을 노렸다.

"한국의 WTF건 북한의 ITF건 태권도는 함경도 출신 최홍희의 업적이죠. 일제의 징용에 반발하던 조선 학병 최홍희는 체포돼 형무소에서, 박정희는 일본군 소위로 만주에서 일본의 패전을 맞습니다. 해방 후 나란히 소장 계급에 오른 둘은 쿠데타를 모의하고, 그 과정에서 박정희가 약속된 쿠데타 일시를 어기고 먼저 헤게모니를 장악합니다."

국기원 지도자 연수과정에서 굳이 언급되진 않지만 웬만한 태권도인들 사이에선 공공연한 비화였다. 재엽씨는 그날 술자리 내내 생각에 잠겨 있었다.

"그 어르신들이 재엽씨 앞에선 말을 아끼는 것 같더군요."

내가 궁금하던 차에 물었다.

"저도 잘……."

말끝을 흐린 재엽씨는 맥주잔을 들어 낯을 가렸다.

결전

태권도는 마흔까지가 한계다. 여타 투기종목에 비해 운동 제한연령이 짧다. 유연성과 순발력이 관건인 경기라서 그렇다. 대둔근, 대퇴사두근, 대퇴이두근 같은 큰 근육들의 순발력을 동력으로 하는 경기라 시간당 에너지 소모량이 많다.

3분 3회전, 9분의 경기. 모르는 자들은 그깟 9분을 못 버틸까 하겠지만 1회전부터 긴장으로 경직돼 허둥대고 나면, 2회전에 들어서면서 호구와 샅 보호대와 정강이에 두른 아대(스네아테)가 천 근 무게로 하반신을 휘감는다. 관중의 야유가 터져도 식은땀만 쏟아질 뿐 상대 허리 위로 다리를 날릴 수가 없다. 체육관 천장에서 쏟아지는 조명에 눈이 부시고 상대의 움직임이 어안렌즈 속 피사체처럼 어지럽다. 환호도, 버저도, 벤치의 고함도, 소음의 중심에서 아무것도 들을 수 없다. 그러나 그들은 자신들만 아는 꿈 때문에 그 9분에 모든 걸 건다.

코뼈가 깨지건, 턱뼈가 부러지건, 국부를 맞고 20초 안에 못 일어나건 회를 거듭할수록 그들은 깨닫게 된다. 단 한 방의 가격에도 제 가진 모두를 던져야 한다는 걸. 말끔히 비워버린 찰나가 가장 무방비한 순간임을. 그럼에도 불구하고 그리 하지 않고서는 결코 상대를 쓰러뜨릴 수 없다는 것을. 그럴 수 있게 만드는 것이 어쩌면 계량화할 수 있는 체력도 기술도 지혜도 아닌, 보이지도 만져지지도 않는 한 오라기 믿음뿐임을.

세상은 꿈과 같고, 환과 같고, 그리고 또…….

그해 가을의 시합에서 우리는 졌다. B시 수산대 캠퍼스의 체육관 앞뜰엔 은행잎들이 떨어져 쌓이고 있었다. 실업자에, 날건달에, 백수인 밑바닥 인생 들이 다시 뭘 해보겠다고 설치는 것 자체가 남우세 아니겠는가. 우리는 노도관 선수들과 겨뤄보지도 못했다.

도장마다 몰고 온 응원팀의 노래와 함성들, 그들 틈에 끼어 앉은 청도관 세 노인이 품속에 감춰 들여온 막걸리병을 따며 흥겨워하던 광경이니, 심판의 준비신호가 떨어지자 그간 배운 걸 다 놔두고 벽력 같은 고함을 지르며 외산틀막기 겨룸새를 취하는 카더라며, 관중석에서 그를 향해 쏟아지던 비아냥조의 환호를 더 길게 묘사하고 싶진 않다. 토너먼트 경기의 첫 대전에서 패한 우리는 오전에 경기를 끝내야 했다. 단감이가 공들여 말아온 김밥 찬합뚜껑을 열기가 무색할 지경이었다.

분을 삭이지 못한 불패들은 객석에 남았다. 그들은 결승에 오른 노도관 선수들을 향해 실컷 야유를 퍼붓다 돌아섰다. 사달이 난 건 그날 밤이었다.

시내 번화가에서 횟술을 마시던 불패들은 준우승 뒤풀이를 왔던 노도관 관원들과 맞닥뜨렸다. 시비를 건 게 불패들 쪽이었다곤 해도 만취 상태에서 얻어맞은 불패들의 몰골은 말이 아니었다. 옆구리 늑골이 부러진 고시생을 병문안 갔다 돌아오니 당숙부는 루어낚시 미끼를 손질하고 계셨다.

"노도관에 전화 한 통 넣어라."

나는 사과를 받을 작정이냐고 여쭸다.

"사과?"

당숙부가 손을 놓고 돌아보셨다.

"뭔 사과."

"그럼……?"

"거그 도장 인수허러 간닥 해."

맙소사, 나는 눈을 감고 말았다. 원정을 가시겠단 뜻이었다. 이웃한 도장 간에 우열을 겨뤄 영역을 넓히는 것은 고릿적 관행이었다. 요즘은 현수막이나 광고 전단을 서로 떼어내는 정도였다.

"언능 전화 안 넣고 뭣 허냐."

당숙부의 채근에, 나는 피치 못하고 수화기를 집어 들었다. 통화를 해 보니 노도관의 관장은 당숙부의 후배였다.

다음날, 청도관에 모인 사람들은 낯짝이 시커멓게 부어오른 불패와 입술이 터진 카더라만이 아니었다. 영문을 모른 채 부름을 받은 재엽씨 등 뒤로 청도관의 세 노인까지 나타나자 나는 머리를 싸쥐고 말았다. 노인들은 나란히 감색 두루마기 정장에 중절모까지 고쳐 쓰고 있었다.

"시합 때 좀 그러고 오시죠."

해본 소리건만, 박 노인이 정색을 하고 말을 받았다.

"그것은 잔치고 이것은 정벌 가는 것이제이."

노도관 관장은 사람 좋은 웃음으로 당숙부를 맞았다. 그는 청도관 일행을 사무실로 안내해 커피부터 대접하며 다친 관원들 치료비는 대주겠다는 의사를 밝혔다.

"그런 것 땀세 온 거 아니네."

당숙부는 말을 잘랐다. 3인 단체전으로 승부를 가리자는 거였다.

"아이고 어르신, 제가 청도관 인수해서 뭐 하겠습니까."

노도관 관장이 쓴웃음을 지었으나, 세 노인이 커피잔을 던지듯 내려놓으며 역성을 들자 그만 손을 내젓고 말았다.

"예 예, 합시다. 해요. 그 대신 청도관 관원들이 먼저 시비를 걸었다니까 지면 사과하시고 치료비 얘기는 없던 걸로 하는 겁니다이."

당숙부와 노인들은 흔쾌히 일어섰다.

몸을 풀고 있는 내게 다가온 당숙부는 벤치를 맡겼다. 재엽씨와 불패와 카더라를 지명하신 거였다. 이길 생각이 없으신 거라고밖에, 달리 생각할 수가 없었다. 노도관 사범이 선봉에 배치된 걸 보고 재엽씨를 중견이나 주장으로 미뤄 예봉을 피해야 승산이 있다고 권해도 당숙부는 고개를 저었다.

우리는 또 패했다.

하지만 그 원정인지 정벌인지에서 두 도장 관원들의 뇌리에 두고두고 남을 기억은 재엽씨의 첫 승뿐이리라. 젊고 팔팔한 노도관 사범을 맞아 재엽씨가 동타점으로 서든데스까지 갈 수 있으리라곤 누구도 예상치 않았을 것이다. 3회전을 마치고 코너로 돌아온 재엽씨는 다리가 풀려 있었다.

"더 못 뛸 것 같군요."

상대팀 코너에서 숨을 돌리는 노도관 사범도 경직된 안색이 뚜렷했다. 답답했던지 노도관 관원들이 몰려들어 쏟아놓는 조언들이 이쪽 코너까지 들려왔다. 경기 양상으로 봐 무승부만 끌어내도 선전이었다. 견디라는 말 외에 더 해줄 말이 없었다. 등 뒤에서 당숙부의 목소리가 들렸다.

"더 버려라."

"예?"

재엽씨가 헤드기어를 쓰다 말고 돌아서서 물었다.

"다 비우란 말이다."

무림은 꿈과 같고 또……. 그 순간, 그가 장맛비 퍼붓던 방파제 끝을 떠올렸을지, 아니면 체렌코프 빛을 떠올렸을지 물어볼 경황은 없었다. 그 후로도 나는 묻지 않았다. 그도 굳이 늘어놓지 않았다. 내가 기억하는 건 그의 뒤차기가 적중하던 0.17초의 간합뿐이다. 거기엔 어떤 힘도 실려 있지 않은 듯했다. 허공에 사선을 올려 긋고 그 끝에 다만 상대의 턱이 걸린 것처럼 보였다. 재엽씨의 몸은 가냘픈 날갯짓 한 번으로 각도만 틀어 솟구친 나비 같았다. 도장 마룻바닥에 두 발을 차례로 내린 재엽씨는 더 뒤를 돌아보지 않았다.

사과를 받는 노도관 관장의 낯이 더 찜찜했다는 것만이 청도관 일행의 수확이었다.

도장에 돌아온 당숙부는 창틀을 짚고 서서 뒤꼍의 후박나무를 오래도록 올려다봤다. 세 노인마저 묵묵히 소파를 지켰다. 아무래도 한 말씀 있으실 듯해 우리는 눈치를 주고받으며 서성거렸다. 돌아선 당숙부는 재엽씨를 부르셨다.

"자네가 도엽이 아우제?"

재엽씨의 낯이 굳었다.

"내가 몰라볼 줄 알았던가?"

"아닙니다……."

들릴 듯 말 듯한 음성이었다.

"출소한 지 얼마나 됐는가?"

지난겨울이라며, 재엽씨는 고개를 조아렸다.

사태 중에 계엄군에게 붙들려간 재엽씨의 형은 병신이 돼 돌아왔다. 후유증으로 20년을 신음하다 스스로 목숨을 끊었다. 죽어 돌아왔다면 나았을 거라고 했다. 큰아들 하나 추스르느라 집안이 풍비박산 났다. 형의 장례를 치르고 난 재엽씨는 연희동을 배회하며 기회를 노렸다. 복수는 쉽지 않았고, 핏발 선 살기는 엉뚱한 곳으로 금을 뻗었다. 만취한 그는 영등포 수산시장에서 옆 테이블의 취객을 때려죽였다. 8년을 복역했노라고, 그는 말했다.

"다시 해볼 참인가?"

그는 엎드려 긴 울음을 물었다. 오장을 쏟아놓는 통곡이었다. 울음은 좀처럼 그칠 것 같지 않았다. 저물어 어두운데 뒤꼍 창틀에 비껴 선 후박나무가 두 잎, 한 잎, 또 두 잎 젖은 이파리를 떨어내고 있었다. 남은 석양이 문지방을 건너와 도장 구석에 구겨져 놓였다.

"요재야."

당숙부가 부르셨다.

"가서 내 도복 잠 가져오니라."

서랍장 목재향이 밴 도복과 띠를 들고 나오면서 나는 왜 태권도인들은 제 띠를 닳아빠져 잿빛이 되도록 바꾸지 않는지 의문스러웠다. 버리든가. 띠 값이 얼마나 든다고……. 당숙부의 띠도 그랬다. 금박 함자가 다 지워지고 없는 띠는 다른 쪽 끝자락에 관명과 등단연도가 두 줄로 재봉자국만 남아있었다. 靑濤館·檀紀 四二七九年.

당숙부가 그 저녁, 청도관원들에게 시연한 품새는 8단 품의 한수漢水, 7단 품의 천권天拳이었다. 당신의 품새에서 체렌코프 빛을 봤다고 말하고 싶지만 그러지 못하는 것이 유감이다. 미수를 바라보는, 그것도 한쪽 다리를 저는 노인이 뭘 보여줄 수 있겠는가. 한수 한 자락을 마치고 당신은 잠시 호흡을 골라야 했다. 천권은 동작이 크기로 유명하다. 잦은발 千鳥足을 밟다 당신은 주저앉고 마셨다. 달려가 겨드랑이를 붙들자 당숙부는 숨을 몰아쉬며 말했다.

"괜찮다. 놓거라."

기어이 마칠 양이셨지만 한쪽 다리가 불편해 태산밀기를 끝낼 수 없었다. 그날 당숙부가 우리들에게 보여주려 한 것이 뭔지는 지금도 잘 모른다. 적어도 태권도의 완성은 아니었다. 가져다놓은 걸상에 앉아 숨을 고른 당숙부는 불패를 향해 물었다.

"왜 무도를 배우느냐?"

이길라고요, 안 질라고요. 불패는 힘주어 대답했다.

"아니다."

당숙부는 눈을 감았다. 그건 과정이다. 당신께선 도장 뒤뜰에 면한 빈 벽을 가리켰다.

"저기 태극기를 내걸지 않은 까닭을 알고들 있는가?"

기진한 당숙부는 안채로 건너가셨다.

회칠한 빈 벽도 입을 다문 채 말이 없었다. B시에서 자라던 시절, 나는 초등학교 입학보다 일찍 태권도에 입문했다. 당시 새벽부는 청장년층이 주를 이뤄 아이들은 뒷줄에 서서 고사리주먹을 내뻗었다. 정면 벽의 중앙에는 양각으로 찍은 쿠데타 영웅의 초상이, 좌우에는 태극기와 '국기에 대한 맹세문'이 걸려 있었다. 말투나 행동거지가 두부모를 썬 듯 귀퉁이까지 반듯하면 군인이거나, 경찰이거나, 아니면 태권도인이라는 말이 있다. 태권도가 가라테라서 그러신 거냐고 묻는 카더라의 말에 예끼 이 사람, 김 노인의 나무람이 들렸다. 황 노인이 일어서서 관원들을 둘러봤다.

태권도가 가라테의 그릇에 담겨있긴 하네. 허나 가라테 2대 시조인 후나고시 선생이 열도에 송도관을 세운 거나, 그의 수제자 이원국 선생이 서대문에 청도관을 연 거나 고작 5년 차이라네. 무도에는 신념이 있어 그것을 왜곡해 이용하려는 자들이 꾀곤 했네. 쿠데타 군부는 40여 문파로 번성하던 당수도를 통폐합했네. 일체, 총화, 단합을 부르짖는 자들에겐 반드시 의도가 있더군. 일제가 그렇고 군부가 그랬네. 독재자가 그렇고, 최홍희가 그렇고, 작금에 이르러 정권을 쥔 정치인이 또 국기원에 손을 디밀더군. 그것은 무도가 갈 길이 아니네.

한 틀에 가두고 한 줄에 엮는 것이 당장은 강해 보이네만 우주의 변화무쌍함을 견딜 순 없었네. 하나가 최선이라면 생명이 어째서 삼라만상으로 나뉘었는가. 열도의 고류검술은 수십 갈래요, 대륙의 권법 유파는 기백을 헤아리네. 생명의 풀무질은 쉼 없는 무변無邊함에서 비롯되지 않던가.

땀에 젖고 얻어맞고 굴욕을 감내하며 뭘 찾고 있는가? 국가에도, 깃발에도, 사람에도 매이지 말게나. 뭐이든지 배우게. 세상의 들꽃들이 한 가지 색에 한 가지 형상이던가?

황 노인은 빈 벽을 향해 꿇어앉은 재엽씨의 등을 어루만졌다.

"자네의 원흉이 바라는 게 있다면, 자네가 그 과거를 벗지 못하는 것 아니겠는가."

별리

　도복 한 벌 달랑 둘러메고 청도관에 찾아왔던 재엽씨는 그 모습 그대로 떠났다. 곧이어 불패가 상경했다. 서울에서 일하며 권투를 배워볼 작정이라고 했다. 태권도가 가라테임을 알았으므로, 카더라도 미련 없이 청도관을 뒤로했다. 기필코 민족 정통 무예를 발굴해 익힐 것이라 했다. 늑골이 붙는 대로 신림동의 학원에 다닐 계획이라며 고시생도 불패와의 만남을 약속했다. 헤어지기 전, 우리 다섯은 술자리를 가졌다.

　소주를 추가할 때마다 '나는 곧 죽어도 잎새주'를 고집하는 불패와, 말끝마다 '우리 검찰은, 우리 검찰은'을 되뇌는 고시생 틈에서 카더라가 질세라 '와이푸' 빌붙어 사는 짓을 접고 녹슨 가위를 잡아야겠다고 포부를 밝혔다. 나는 웃고 떠드는 와중에 간간이 재엽씨의 안색을 살폈다. 별말은 없었으나 다소나마 어두운 기색이 걷힌 모양이 보기 좋았다.

　그들이 떠나고 나자, 청도관은 다시 텅 비었다.

　당숙부는 예나 다름없이 채비를 하고 바다로 나가셨다. 도장 문을 열고, 문가에 걸상을 내놓고 앉아있노라면 백구가 곁에 와 누웠다. 노인들은 질리지도 않고 찾아왔다.

　"청도관에 사범이 둘이네이."

　나는 가끔 세 노인에게 도장을 맡겨두고 연등천 포구의 벅수들을 보러갔다. 화정 려의 허리에 남은, 귀선을 맸던 자국을 쓸어보곤 했다. 수평선이 지워질 때까지 바다를 보고 있노라면 내게 체렌코프 빛은 끝내

추상으로 남고 말 거라는 예감이 들었다.

　어느 오후, 노인들이 다방으로 몰려간 시각. 도복을 입지 않은 아이가 홀로 나타났다. 아이는 백묵을 쥐고 앉아 마룻바닥 여기저기에 고누 말밭을 그렸다.
　"오늘은 왜 혼자 왔니?"
　"소풍 갔어라."
　아이는 코를 긁었다. 가을소풍 철이었다.
　"넌 여기 왜 오니?"
　"집에 있기 싫어서라."
　"왜 싫어?"
　"우리 집 여관 해욧."
　아이는 몸을 돌려 다시 마룻바닥에 낙서를 시작했다.
　"일어나."
　나는 말했다.
　"왔으면 뭐라도 배우고 가야지."
　이듬해, 밥집 단감이는 제 어미를 쥐어뜯고 울며불며 난리를 치다가 마침내 결혼했다. 나랑.

– 『내일을 여는 작가』, 2009, 겨울호

스윙바이

스윙바이

영화 〈2001년 스페이스 오딧세이〉는 런닝타임이 길고 지루하다. 웬만한 SF마니아들도 꼬박꼬박 졸면서 본다. 2시간 20분짜리다. 오래된 영화라 진행이 더딘 탓에 중간에 졸다 깨더라도 전개 중인 스토리를 따라잡는 데는 별 어려움이 없다. 단지 영화를 보고 난 다음에 뭘 봤냐고 남들이 묻거나, 남이 묻지 않더라도 스스로에게 그런 질문을 던져볼 줄 아는 쓸데없는 버릇을 가진 관객들에게 딱히 뭐라 떠오르는 말이 없다는 게 문제라면 문제다. 이 영화를 굳이 보고 싶다면 날은 화창하고 나른한데 아무 약속도 없는 휴일 오후, 체육복 바지에 슬리퍼를 끌고 동네 비디오가게에 가서 테입을 찾아내면 된다. 오래된 비디오테입을 버리지 않고 소장해둔 가게라면 손님들 발길이 닿지 않는 후미진 구석에 먼지를 뒤집어쓴 채 꽂혀있을 것이다. 몇 해 전 스탠리 큐브릭 감독이 작고한 이후로는 유작 기념 DVD 박스세트에 끼워져 재출시되기도 했다.

영화의 도입부에는 400만 년 전 지구에 살던 원인猿人이 살육의 도구
로 사용하게 된 뼈다귀를 하늘로 던져 올리는 컷이 등장한다. 공중으로
솟구친 골각기는 우주 공간을 유영하는 우주선의 컷과 오버랩 된다. 세
계 영화사 속에서 가장 먼 시간대로의 디졸브로 일컬어지는 장면이다.
그도 그럴 것이 400만 년의 시공을 이어 맞댔으니까.

나는 영화를 다 보고 나서 처음으로 돌려 그 디졸브 신을 다시 틀어놓
고 지켜봤다. 그리고 정적과 어둠으로 채워진 진공의 빈 공간을 소리 없
이 미끄러져 날고 있을, 내가 아는 우주선 한 척이 지금 어디만큼 가고
있는지 궁금했다.

태양계 내의 목성형 큰 행성들을 탐사할 목적으로 1977년에 미국이
쏘아올린 무인 우주 탐사선, 보이저1호.

플루토늄 원자로 엔진을 장착한 보이저1호는 지구와의 교신이 두절
되었을 뿐 지금도 매시 7만4천km라는 가공할 속도로 깜깜한 우주공간을
날아가고 있다. 지난 30년 동안 140억 킬로미터를 항해했다. 가장 최근
의 외신이 전하는 바에 따르면, 명왕성을 지난 지는 오래지만 태양계의
마지막 경계선에 도달하기까지 아직 4만 년을 더 가야 한다. 보이저1호
는 우리 태양과 이웃한 알파-켄타우로스별로 항로를 잡고 있다. 그 항
성의 계권 경계면에 도달하려면 앞으로 10만 년이 걸릴 것으로 예상되
고 있다. 뭔가에 끌려들거나 부딪쳐 난파하는 일만 없다면 가긴 갈 것이
다. 10만 년.

총중량이 1톤 가까이 되는 이 우주선은 지구상에 인류가 출현해 손에
뭔가를 쥐고 깔짝거리기 시작한 이후로 지금껏, 가장 멀리 집어던진 물
체다.

*

1.

북한강 왼편을 따라 놓인 46번 경춘가도를 타고 춘천으로 향하다보면
가도로 진입하는 차량들을 위해 마련된 T자형 삼거리 교차로를 여럿 만
날 수 있다. 사고는 강촌역을 2km쯤 앞둔 그중 한 교차로에서 일어났다.
그녀가 그 자리를 전부터 눈여겨 봐두었는지는 알 길이 없다. 진입도로
를 따라 가도를 가로질러가 강을 내려다보면 가파른 계곡 아래로 북한
강 줄기가 흘러내리고 있었다. 그 지점은 유난히 강폭이 좁았고, 따라서
수심이 깊고 유속이 빨랐다. 어질한 눈을 들면 병풍처럼 솟은 건너편 강
안의 녹음 우거진 벼랑이 손에 잡힐 듯 가까웠는데 선 곳에서 10시 방향
으로 물안개 너머 아슴아슴 아치형으로 열을 지어 구멍 난 장방형의 콘
크리트 구조물이 비껴 보이고, 맞은편 산허리를 지나는 경춘선 철로가
그 안으로 빨려들고 있었다. 강촌역이었다.

진입로를 질주한 차량은 갓길 추락방지 방호벽과 가드레일을 차례로
들이받으며 퉁겨 올라 공중에서 뒤집힌 다음, 곧장 강물로 처박혔다. 강
아래쪽에서 건져 올려진 차량에는 운전자의 흔적이 없었다. 충돌면의

임프린트를 제외하면 앞유리는 말짱했고, 혈흔도 조각난 신체부위도 발견되지 않았다.

"그러니까 아저씨 말은 여기가 활주로였다 이거죠?"

디지털 카메라를 들고 방호벽 앞에 남은 엑셀러레이션 스커프 자국을 여러 각도에서 찍느라 분주히 움직이던 보험사 관계자가 물었다. 그의 얼굴에는 이번 질문이 마지막이라는 표정이 역력했다. 나는 그 낯짝에 대고 고개를 끄덕여줬다. 참내! 그는 더 이상 상대하기 싫다는 듯 돌아서서 제 일에만 열중했다.

보험사 직원과의 동행 이후로 며칠 후 나는 다시 그곳에 갔다. 그녀가 차를 몰았던 늦은 밤의 그 시각에 나는 교차로와 마주해 섰다. 사고 당일 밤 노면에 물안개가 짙게 깔린 탓에 스커프 마크도 거의 남지 않았다고 보험사 사내는 투덜댔다. 내가 그녀에게 건네준 차는 10년도 넘은 폐차 직전의 쓰리도어형 중고 프라이드였다. 가속페달을 아무리 눌러 밟는대도 속도계 지침은 110킬로미터를 넘지 못했을 것이다. 정면의 부서진 방호벽 위로 신호등 조명이 빨간 불에서 노란 불을 건너가 왼방향 화살표와 파란불의 동시신호로 바뀌며 차례로 명멸하고 있었다. 수직의 굵은 철주에 그보다 가는 쇠막대의 끝을 길게 횡으로 잇대 등을 달고 기둥 꼭지에서 쇠줄 두 가닥을 사선으로 내리 걸어 무게를 지탱하고 있는 신호등은 바람이 불면 가로대가 앞뒤로 조금씩 흔들렸다. 그 뒤로 밤하늘보다 더 깜깜한 맞은편 계곡이 완강한 침묵처럼 솟아있어서 등갓 아래 신호등 불빛들의 채도는 선명하다 못해 순정하게까지 보였다.

교차로 전방 200미터 지점에서 시동을 걸기에 앞서 그녀는 담배를 한 모금 빨고 저 신호등 불빛을 바라봤을 것이다. 그 다음엔 무엇을 했을까. 나는 눈을 감았다.

계곡을 타고 내리는 서늘한 공기가 허파로 밀려들었다. 숲내음, 풀꽃들의 향기가 함께 스며들었다. 산은 잠든 채 숨을 쉬고 있었다. 눈을 감고 산의 호흡에 코끝을 맞대고 얼마가 지났을까, 정적 속에서 작은 소음 한 가닥을 걸러낼 수 있었다.

강이 흐르는 소리였다.

주의를 기울여 듣기 전에는 희미한 소음에 불과했는데 일단 깨닫고 나자 그 소리는 점차 귀를 메우고 차오르기 시작했다. 물소리는 계곡을 가득 채우고 넘칠 만치 거세져갔다. 그러더니 어느 순간 계곡을 범람했고, 둑이 무너진 듯 삽시간에 허리를 곧추 세운 광포한 짐승으로 화했다. 물살의 굉음이 머리 위를 덮치고 급기야 내 몸을 송두리째 쓸어 삼키고 말았다.

나는 눈을 떴다. 물소리는 다시 희미해져 고요한 가운데 머리 위로 오싹하리만치 많은 별들이 흐르고 있었다. 그녀 역시 눈을 감고 물소리에 몸을 내맡겼으리란 것쯤은 어렵지 않게 짐작할 수 있었다. 물결과 물보라가 그러하듯 시간과 존재는 딴몸이 아니었다. 나는 곧 시간의 형용일 뿐이었다. 알파-켄타우로스별은 궁수자리, 혹은 사수자리로 불린다. 시리우스처럼 밝진 않지만 여름밤 남쪽 하늘 아래를 주의 깊게 살피면 육안으로도 확인할 수 있다.

나는 내 이야기를 남의 이야기인 것처럼 말하지 않겠다. 이것은 내 이야기다. 그녀에 관한 내 이야기이고 나에 관한 그녀의 이야기다. 이야기는 이 교차로에서 끝이 난다. 그리고 모든 이야기들의 끝이 그러하듯 이곳은 또 다른 이야기가 시작되는 곳이기도 하다. 이 별은 시간의 물살을 거스르지 못하고 사라져갈 운명이지만, 이야기만은 우주의 현을 울리는 가냘픈 진동으로 남아 고유의 펄스를 간직한 채 시간과 함께 흐를 것이다.

저 먼 곳 우주의 반대편, 오래 전에 이미 사라진 별에서 방출된 전자기파가 이 작은 별에 밀려와 닿듯 말이다.

2.

100년 전 한 과학자가 우주에는 절대적인 기준이 없다는 것을 발견했다. 시간은 계곡을 굽이치는 물살처럼 지나치는 별마다 유속이 다르고 우리가 살고 있는 이 별의 공간은 휘어있다. 코즈모스로 불리건 카오스모스로 불리건, 우주에는 절대적인 시간도 절대적인 공간도 없었다. 시간과 공간은 우리 존재를 증거하고 좌표를 일러줄 든든한 축이었는데 우리는 나침반을 잃어버렸고 우리 눈을 의심하게 되고 말았다. 바다에서 태어나 오랜 세월에 걸쳐 뭍으로 기어 올라와 어렵사리 땅을 딛고 섰는데 우리는 우리들의 실재 자체가 의문에 불과하다는 사실을 깨닫게 된 것이다.

이제 우리는 우리가 우주의 중심이 아니며, 우리 존재가 터무니없이 광활한 이 우주의 목적이 아니라는 것쯤은 알고 있다. 우리는 과정일 뿐으로 자연의 다른 생명들처럼 기계이고 배치물일 따름이지만 그러나 어떻게든 살아가야 한다는 것도 안다. 뉴턴은 아인슈타인보다 덜 발견했지만 그렇다고 뉴턴이 아주 틀린 건 아니었다. 파리 인근의 국제도량형국에는 백금과 이리듐을 합금한 1m 길이의 막대가 보관돼있다. 지구의 자전이나 공전 주기로 더듬던 시간의 흐름을 이제는 보다 더 정밀하게 움직이는 세슘원자와 루비듐원자 내 전자의 진동수로 분할해 가늠하게 됐다.

우리가 그림자에 불과할지언정, 발판도 없이 마냥 허방을 짚고 허우적거릴 수만은 없는 노릇이니까.

3.

경기도 인근의 한 공장에서 나는 그녀를 만났다. 지금은 외국기업에 흡수돼버린 자동차회사의 하청업체였다. 작업장에 들어서자 기계 팔들이 정신없이 뒤엉켜 돌아가며 자동차 차체를 찍어내고 있었다. 노란 페인트로 그어진 안전선을 따라 조심스레 발을 내딛는데도 눈앞으로 기계 팔들이 휙휙 지나치는 통에 몸을 도사려야 했다. 그녀는 보닛을 찍어내는 라인에 서서 육중한 자동선반이 철판을 정확하게 잘라낼 수 있도록 이격을 맞춰주는 일을 하고 있었다.

그녀를 처음 보자마자 나는 그녀가 제 일에 오래 견디지 못하리라는 것을 알았다. 때에 전 작업복에 뒷머리를 고무줄로 동여맨 그녀는 수수한 인상이었다. 잠이 부족한 듯 내리깐 눈자위에 그늘이 져 있었다. 하지만 아무리 피로와 작업복으로 덮어 가린대도 이런 곳에서 버티기엔 아까운 외모였다. 길어야 2년. 나는 직업적 직감으로 그녀의 미래를 알아봤다. 2년 후에는 술집이나 다른 유흥업소에서 보게 될 것이었다. 내게 작업라인을 소개하느라 앞서 걷던 노주임은 기계소음 때문에 고함을 지르다시피 했다.

"이게 아까 내가 얘기했던 독일제 R-47 자동로봇이야. 정교하기가 이를 데 없지. 넋 놓고 쳐다보고 있으면 꼭 진짜 사람 손 같다니까."

노주임은 독일제라는 점을 몇 번씩 강조했다. 로봇 팔은 미세한 각도 변경도 훌륭하게 구사하며 빈틈없이 용접작업을 수행하고 있었다. 아무리 비싼 수입기계래도 사람은 필요했던지 기계마다 공원들이 한둘씩 붙어 라인을 연결해주고 있었다. 그녀가 일하고 있는 라인으로 다가가자 노주임은 말을 멈췄다.

"보닛 라인."

노주임은 짧게 설명하곤 그녀를 흘겨본 뒤 다른 작업라인으로 향했다. 서둘러 그를 따라가려는 참에 그녀의 목소리가 들렸다.

"여섯 걸음 걷고 나서 고개를 숙여요."

크게 말하지 않았는데도 시끄러운 작업장에서 그 말은 똑똑히 내 귀에 들어왔다. 나는 노주임의 뒤를 따라 걸으며 여섯 걸음을 센 뒤 고개를 숙였다.

"아이쿠!"

안전선 안으로 회전해 들어온 기계 팔에 뒷머리를 얻어맞은 노주임이 비명을 질렀다. 나는 뒤를 돌아봤다. 선반에서 눈길을 떼지 않았지만 그녀의 볼에 한순간 환한 빛이 물들더니 금세 사그라졌다.

그 무렵 나는 다니던 직장을 그만두고 실의에 빠져 나날을 보내고 있었다. 수없이 이력서를 보내도 연락 한 통 없었다. 인력관리공단 직원에게 박카스 한 박스를 건네며 구직을 부탁하고 타블로이드판 생활정보지까지 뒤졌지만 내 휴대전화는 종무소식이었다. 실직생활이 계속되자 적금을 깨야 했고 얼마 안 있어 통장 잔고가 바닥났다. 대학까지 보내놨으니 네 알아서 살라는 가난한 부모에게 나는 들 낯이 없었다. 그러던 와중에 전에 몸담았던 회사에서 그리 가깝게 지내지도 않던 노주임에게 연락이 온 것이었다. 그가 신뢰할 만한 사람이 못 된다는 것을 잘 알고 있었지만 나는 쓰다 달다 가릴 처지가 아니었다.

가지고 간 경력소개서를 건네기는 했지만 부서장 면접도 없이 작업장을 둘러보는 것만으로 입사가 결정된 건 꺼림칙한 일이었다. 작업장도 그렇고 종업원들 기숙사도 깔끔했다. 밀집된 라인마다 너무 잘 정돈돼 있고 너무 잘 돌아가는 것 같아 오히려 미심쩍었다. 뭔가 더 알아보려고 뜸을 들이는 내게 노주임은 부서장의 전언이라며 관리직이니 공장 가까운 곳에 세를 얻으라고 잘라 말했다. 내가 쥔 패는 끗발이고 자시고

할 게 없었다. 노주임이 나를 추천한 것도 그래서였을 것이다. 그곳 지
리에 어두운 내게 방 구하는 일을 도와줄 공원 하나를 붙여주겠다고 기
숙사로 전화를 한 통 넣더니 노주임은 그대로 퇴근해버렸다.

   방을 소개해줄 공원을 기다리며 나는 회사 정문 앞 느티나무 아래에
앉아있었다. 공장 마당을 오가는 공원들이 맥없이 앉아있는 나를 흘끔
거렸지만 선뜻 다가오는 사람은 없었다.
   담벼락 너머로 노을이 지는데도 공장의 소음은 멈추지 않았다. 라인
은 24시간 풀가동이었다. 3교대 저녁 근무조들이 투입될 때까지 아무도
오지 않았다. 내 인생 내가 살아가야지 누가 나를 돕겠냐 싶어 일어서는
데 그녀가 내 앞에 와서 섰다. 피로에 젖은 얼굴은 그대로였지만 외출복
으로 갈아입은 모습이 한결 홀가분해 보였다. 기숙사로 연락이 왔는데
아무도 나서지 않아 자신이 왔다고 했다.
   욕실 딸린 방을 구하고 나자, 그녀와 나는 근처 실비집 뒤뜰 마당에
나앉아 돼지부속을 안주로 술을 마셨다. 이름이 모나라고 했다. 공장에
대해 몇 마디 물어봤지만 고분고분 빤한 대답만을 들려주는데 그녀의
눈은 그런 건 네가 겪어보면 안다고 말하고 있었다. 소주 두 병이 비는
동안 우리는 이렇다 할 공통의 화제를 찾지 못했다. 그날 나는 내가 놓
이게 된 처지가 한심스러워 일찍 무너졌던 것 같다. 주량을 넘은 걸 확
인하고도 나는 자주 병을 비웠다. 그녀는 가끔씩 석쇠에 얹힌 고기를 뒤
적거려 줄 뿐 잔에 손을 대는 기색이 없었다.

대화라기보다는 신세한탄에 지나지 않은 내 주정이 보이저1호로 옮아간 까닭은 고개를 들면 선선한 바람 속에 희미하게 흔들리는 몇 점 별빛들 때문이었을 것이다.

그때까지 말이 없던 그녀가 입을 열었다.

"이 별에 오면서 그걸 봤어요."

순간, 나는 내가 뭘 잘못 들었나 싶었다.

"뭘 봤다구요?"

"우주선요, 보이저1호." 그녀가 말했다.

"오르트구름을 헤치고 지나는데 그게 불쑥 튀어나오지 뭐예요."

연탄풍로 위로 돼지내장 타는 연기가 꼬질꼬질 피어올랐다. 나는 비틀거리며 일어서서 지갑을 꺼냈다.

"가고 싶으면 가야겠다고 말을 하면 되지."

나는 투덜대며 계산을 했다. 그리고 말요, 보이저1호는 아직 헬리오스-히스(helios-heath) 지역도 못 벗어났어. 거길 벗어나려면 앞으로 10년이 더 걸린다고. 오르트구름은 무슨……

"칼 세이건이 태양풍에 의한 가속 계산을 잘못했어요. 오르트구름 속을 날고 있는 것 맞아요."

자리에 앉은 그녀는 침착하게 맞받았다.

내가 그때 해서는 안 될 말까지 하게 된 것은 순전히 주량을 넘은 탓이다. 나는 앉아있는 그녀의 코앞에 얼굴을 들이댔다.

"내가 관리직 경력 4년 반이요. 인사기록카드 한 장이면 그 사람 과거

를 낱낱이 꿰고 말지. 사람 한 번만 척 보면 그의 미래까지도 훤히 보인
다고. 당신은 오래 못 견뎌요. 길어야 2년이야.”

“공장 말이군요.” 그녀가 말을 이었다.

“그럼, 아저씨와 나. 둘 중에 누가 더 오래 견딜 것 같아요?”

“그야 모르죠.”

“왜요?”

“내가 얼마나 오래 견딜지, 그건 모르겠거든.”

“남의 미래는 꿰뚫고 있다면서 정작 자기 앞날에 대해서는 모르는 모
양이군요.”

그날 내가 그녀를 정중하게 기숙사로 돌려보냈다면 그건 거짓말이
다. 나는 그녀의 뒤를 붙좇으며 한 잔 더 하자고 계속 고집을 부렸고 손
을 잡으려고 했던 것도 같다. 한참을 그렇게 실랑이를 벌이며 함께 길을
걸었는데 어느 모퉁이에선가 그녀가 단호한 몸짓으로 길 건너에 보이는
불빛 하나를 가리켰다. 공장에서 새어나오는 불빛이었다. 취한 눈에도
그것만은 알아본 나는 휘청거리며 돌아서야 했다.

새벽에 깨어보니 여관이었는데 자리끼 한 잔 없고 이부자리 곁에는
벗어 팽개친 콘돔 한 장이 희부연 내용물을 담고 쭈글쭈글 나부러져 있
었다. 여관을 나와 쓰린 속을 달래기 위해 유산균음료를 사마시다가 나
는 몹시 토했다.

4.

모나는 사고무친으로 5년째 그 공장에서 일하고 있었다. 내 눈은 자본주의 시장에 나온 제품으로서의 인간이 자신이 맡게 될 일에 적합한지 아닌지를 판별해낼 뿐이었다. 우주공간을 차지하는 물질 중에 우리가 알고 있는 물질은 우주 총질량의 4퍼센트에 불과하다. 나머지 96퍼센트는 가시광선을 비롯한 어떤 전자기파로도 관측되지 않고 오로지 중력을 통해서만 그 존재여부를 인식할 수 있는 암흑물질과, 미지의 암흑에너지로 채워져 있다. 인류는 우주에 대해 아무것도 모르고 있는 거나 마찬가지인 셈이다. 모나가 어째서 더 쉽게 돈을 벌 수 있는 방법을 택하지 않았는지 이해할 수 없지만, 나는 묻지 않기로 했다. 또 그녀는 늘 자신이 마치 이 별에서 태어난 인간이 아닌 것처럼 말을 하곤 했는데 나는 그런 그녀를 있는 그대로 받아들이기로 했다. 우주든 사람이든, 그 안에 든 모두를 다 이해한다는 것은 어쩌면 인간에겐 허락되지 않은 능력인지도 모르는 일이니까.

나중에 더 가까워지고 나서 우리는 머리를 맞대고 이 별과 보이저1호에 대해 이야기를 나눴다. 모나는 오르트구름의 안개 속을 지나다 하마터면 보이저1호와 부딪칠 뻔했고, 거기 실린 동판을 보게 됐다.

보이저계획에 참여한 물리학자 칼 세이건과 그의 아내 린다는 영영 돌아오지 못할 우주선을 띄워 보내면서 혹시 만날지도 모르는 외계 지성체에게 우리 존재를 알리기 위해 동판에 금박을 입힌 레코드판을 하나 만들었고, 우주선의 몸체에 부착시켰다. 그건 말 그대로 레코드판이었다. 동봉된 카트리지에 동판을 꽂고 바늘을 올려 돌리면 담아놓은 소리와 영상이 재생된다.

문제는 외계인에게 레코드판의 사용법과 함께 이 우주선을 띄워 보낸 별과 그 역사, 그리고 우리 존재에 대해 알리는 일이었다. 현생인류가 임의로 정해놓고 사는 시간과 길이의 단위가 통할 리 없었기 때문이다.

칼은 우선 소통의 방편으로 단순한 방식을 사용했다. 레코드판의 겉면 레이블에 그림과 이진법으로 레코드판 사용법을 알린 것이다. 그리고 우주에서 가장 풍부한 수소원자에서 방출되는 주파수로 시간과 길이의 단위를 삼았다. 수소원자가 천이하며 방출하는 전자기파 스펙트럼 한 파장의 길이는 우주 어디서나 21㎝이고, 한 번 진동에 걸리는 시간에 10의 9승을 곱하면 1초가 된다. H_2의 구조를 나타내는 간단한 그림, 이것으로 우리와 외계인 간 소통의 매개를 삼는 식이었다. 그리고는 지구에서 관측되는 14개의 중성자별을 축으로 지구의 위치를 알렸다. 중성자별은 약 1,000만 년 동안 자기극 방향 양쪽으로 강력한 전자기파를 발산하는데 그 14개의 전자기파가 마주치는 곳이 지구이기 때문이다. 주변 14개 등대에서 내쏘는 빛이 마주치는 지점으로 위치를 알리는 발상이었다.

"아주 쉬웠어요. 금방 사용법을 해독하고 지구를 찾아낼 수 있었죠."

모나는 내 자취방 이부자리에 누워 발을 토닥였다. 다소 유치한 물리학자 부부의 낭만이 태양계 저편을 지나치는 그녀를 지구로 불러와 내

방에서 발장구를 치게 한 셈이었다.

"레코드판엔 뭐가 실려 있던데?"

그녀는 한숨을 내쉬고 눈을 내리감았다.

"지구의 속삭임요……."

'지구의 속삭임(Whisper of the Earth)' 레코드에는 지구와 인간에 관해 알리는 100여장의 그림과 사진 들, 54가지 언어로 된 지구인들의 인사말, 아기 울음소리, 키스하는 소리, 돌고래들의 노래, 파도소리, 소리들……. 그리고 90분가량의 음악이 실려 있다.

모나는 그 중에 바흐를 좋아해서 우리는 언제고 콘서트홀에 가서 유명한 연주자의 실황연주를 들어보기로 약속한 적이 있지만 종내 못 지키고 말았다. 그녀에게 보닛의 무게가 너무 무거웠기 때문일 것이다. 어쩌다 내가 약속을 상기시킬 때마다 모나는 피멍들고 옹이진 손바닥을 감추고 피곤에 젖은 눈으로 허공을 찾았다. 모나의 입을 통해 공장에 관한 이야기, 이를테면 동결된 임금과 수당, 인력감축, 자의적 해고로 가중되는 잔업, 사측 대리인에 불과한 노조, 금지된 경영참여, 교대시간마다의 점호, 통제된 외출, 그 때문에 수요일마다 교미기를 방불케 들어차는 공장 주변 여관들에 대한 이야기가 나온 적은 단 한 번도 없었다. 드물게 내가 그런 말을 꺼내더라도 그녀는 잠자코 있다가 다시 우주에 대한 이야기만 들려주는 것이었는데 그녀는 이 행성이 심해 밑바닥과 같더라고 했다.

성간공간(interstellar-space)에서 오르트구름의 두터운 연무를 헤치고 들어오면 전진하는 보트 앞부분이 수면에 활 모양의 물결을 그리듯이, 공전하는 태양계가 우주공간에 만들어내는 충격파 물결(bow-shock)에 부딪쳐서 한 번 심하게 기우뚱거리게 된다고 했다. 첨벙, 하는 거죠. 그녀는 말했다. 그리곤 태양풍의 입자가 닿지 못하는 황야(helios-heath)를 한참 걷게 되는데 그때부터 수압이 점점 높아져가는 걸 체감하게 되더라구요. 말단충격지역(termination-shock)의 문턱을 넘어서니 태양풍이 쏟아지기 시작했죠. 그리곤 해왕성이 보인 거예요. 그 에메랄드빛 행성 주위를 분홍과 금빛, 두 개의 작은 위성이 섭동현상攝動現狀 때문에 서로 대각선을 이루며 교차하는데 어찌나 아름답던지. 하지만 그때부턴 수압이 너무 높아 온몸이 납작하게 짜부라드는 느낌이 있었어요. 그리곤 이 별에 도착한 거죠.

그녀는 잠수부처럼 가쁘게 숨을 몰아쉬었다.

"여기선 팔다리가 너무 무거워요. 이 별은 마치 깊은 바닷속 심연과 같아. 중력이, 너무 세요……."

이야기를 다 마치기도 전에 그녀는 정말 심해어라도 된 듯 방바닥에 온몸이 찰싹 붙은 채로 곯아떨어지곤 했다.

5.

6개월을 못 넘기고 나는 그 공장을 그만뒀다.

라인에서 발생하는 산재 발생률이 평균치의 몇 배를 상회하는 곳이었다. 회사로선 빈번한 사고로 회사가 부담해야 할 보험료율을 계속 높이게 되는 불상사보다 피해당사자와 합의를 보는 방식을 선호했다. 목돈에 눈이 먼 재해근로자들을 꼬드겨 공상公傷으로 유도하는 것이 몇 개월을 못 버티고 줄줄이 퇴사한 내 전임자들에 이어 내게 주어진 일이었다. 합의금 액수가 적정선을 넘을 때마다 질책이 떨어졌다. 유가족들에게 멱살을 잡히는 일은 그럭저럭 견딜만했다. 그러나 어느 하루, 재해근로자의 가족이 집어던진 뭔가에 얼굴을 얻어맞고 나서야 나는 내가 일을 계속하지 못하리라는 것을 알았다. 신문지에 싸인 그것은 말끔하게 잘려나간 손목이었다.

공원들의 항의는 강력하게 통제됐다. 집회의 기미만 보여도 주모자들이 해고됐다. 그래도 공원들은 사무동으로 몰려와 재해방지를 위한 자본투입과 시설보완을 요청했다. 공원들과 사무직 직원들이 사무동 현관 앞에서 드잡이를 벌이는 일이 밥 먹듯 벌어졌다. 모나와 나는 서로 다른 대열에서 마주치곤 했다. 노주임은 그녀가 그런 집회에는 빠지지 않고 참석하는 독종이라고 알려줬다. 그녀는 고개를 숙인 채 말없이 대열 속에 서있다 사라지곤 했다.

뉴턴이 놓친 것은 속도와 중력장의 변수다. 특수상대성이론에 의하면, 움직이는 속도가 빨라지면 시간은 느려진다. 일반상대성이론에 의하면, 중력장이 큰 곳에서는 공간이 휘고 시간이 느려진다. 공전속도와 중력의 크기가 다른 지구와 목성에서는 시간의 흐름이 다른 것이다. 다른 별을 찾을 것도 없이 지구상에서도 지표면과 지구 상공 궤도권의 시간의 흐름은 다르다. 이를테면, GPS 서비스를 위해 쏘아 올려진 인공위성은 매우 빠른 속도로 움직이므로 그 안의 시간은 특수상대성이론에 따라 하루 7초씩 느리게 간다. 동시에 중력이 약한 궤도권이기 때문에 일반상대성이론에 따라 하루 45초씩 빠르게 간다. 결국 인공위성의 시간은 지표면보다 하루 38초씩 빨리 흐르게 된다. 날아가는 미사일이나 항공기, 움직이는 선박과 차량의 위치를 실시간으로 알려줘야 하는데 매일 38초에 해당하는 위치오차가 발생하게 되는 것이다.

그 때문에 오차 없이 이들의 위치를 정확하게 추적할 수 있도록 GPS는 날마다 일정한 시각에 38초(실제론 38마이크로초)씩의 오차를 바로잡아준다.

"아인슈타인 이후로 인류가 믿어왔던 모든 가치는 상대적이란 게 밝혀졌어. 입장에 따른 정도(degree)의 문제가 된 거지. 공간도, 시간도, 우리 존재마저도……. 쿠데타가 혁명이래도 그런 것쯤은 그저 입장의 차이가 되고 만 거야."

모나와 내가 모처럼 휴일 날짜를 맞춰 도심으로 세잔의 그림을 보러 갔던 날, 공장에 대해 한 마디도 하지 않는 그녀를 참을 수 없게 된 나는 그런 말을 했었다.

쌀국수에 젓가락질을 하던 모나는 가만히 웃고는,

"뉴턴과 아인슈타인은 과학계의 세잔과 피카소 같아요."

라고 말했다. 그리고는 언젠가 홀로 살바도르 달리의 그림을 보러 갔다가 관람객들이 무의식이니 권태니 성욕이니 강박이니 하는 말들을 늘어놓는 모습을 보며 많이 우스웠다는 이야기를 했다.

"그 〈기억의 영속〉 앞에서요. 나뭇가지에 걸려 축 늘어지거나 바닥으로 흘러내리는 시계들. 그건 이 별의 과학자 하나가 밝혀낸 시간의 모습을 그린 거였죠."

말끝에 모나는 자신의 별인 알파-켄타우로스별에서는 모든 생명이 스스로 광합성이 가능하기 때문에 다른 식물을 재배해 태양에너지를 긁어모을 필요도, 다른 생명의 살을 뜯어먹고 집적된 태양에너지를 섭취할 필요도 없다고 말했다. 먹이사슬 자체가 없다는 거였다.

6.

4미터 크기의 보이저1호는 저만한 밥주발을 등에 업은 여치 한 마리를 닮았다. 몸체의 대부분을 차지하는 접시 안테나와 세 가닥으로 내뻗은 직선형 안테나 때문에 그렇게 보인다. 기능은 단순하다. 보고, 듣고, 그 데이터를 지구로 전송하는 것.

인간이 만들어낸 것은 인간을 닮기 마련인지 보이저1호 역시 이중분절형으로 만들어졌다. 가시광선 영역을 담을 TV카메라, 가시광선 바깥의 적외선과 자외선을 잡아낼 측정기와 분광기, 그보다 더 바깥쪽 주파수 대역의 각종 전자기파를 수신할 자기측정기. 인간의 눈과 귀가 둘씩이듯 이들 역시 두 대씩 갖춰졌다. 하나가 고장 나면 다른 하나가 기능을 대신한다. 심장이 하나이듯 플루토늄 아궁이만은 하나다.

그런데 지금도 마찬가지지만 자체 중량만 1톤에 가까운 우주선을 목성 너머 태양계 저편까지 날려 보내자면 충분한 속도를 얻기 위해 싣고 가야 할 연료의 천문학적 무게 때문에 대기권 밖으로 띄워 올릴 수가 없었다. 고민에 빠진 NASA에 해결책을 제공한 사람은 캘리포니아 공대의 연구소에서 아르바이트를 하던 대학생, 마이클 미노비치였다.

마이클은 우주선에 실을 플루토늄 연료는 목성에 닿을 정도면 충분하다고 장담했다. 목성 같은 큰 행성의 인력을 이용하면 연료는 그 이상 필요 없다는 것이었다. 그는 쟁쟁한 NASA 연구원들 앞에 서서 우주선의 항로를 목성궤도에 스윙바이(swing-by) – 스치듯 지나치게 – 시키기만 하면 목성이 잡아당기는 거대한 중력장에 끌려들어갔다가 빠져나오면서 엄청난 가속을 얻을 수 있다고 침을 튀겼다.

NASA 연구진은 어떻게 그런 아이디어가 저런 덜 떨어진 히피족 아르바이트생의 머리에서 나올 수 있었을까, 몹시 분개해하면서 보이저 프로젝트를 수립했고 우주선을 쏘아 올렸다.

지구를 떠난 보이저1호는 목성과 토성을 스윙바이로 지나치면서 시간당 7만4천km의 가속을 얻은 다음 태양계를 벗어났다.

모나가 내게 스윙바이 기법을 가르쳐주기 위해 데려간 곳이 강촌역이었다. 역에 도착하자 그녀는 강가로 내려가 직접 시범을 보였다.

"목 토⋯⋯."

"목 토 천!"

던진 돌이 수면 위로 통통 튕겨오를 때마다 모나는 기뻐 소리쳤지만 그녀의 물수제비뜨는 솜씨는 신통치 못했다.

내가 몇 번 실력을 보여줬다.

"아저씨가 훨씬 잘하는군요."

모나는 아쉬운 듯 욕심껏 손에 쥐었던 조약돌들을 내려놓고 고개를 들어 멍하니 강변도로를 올려다봤었다.

7.

칼 세이건 부부가 보이저1호에 실어 보낼 동판에 지구와 인간에 대한 정보를 담으면서 한사코 숨긴 것이 있는데 그것은 인간 뇌의 R-영역 (reptilian-brain)에 관계된 정보들이다.

인간의 뇌는 오랜 세월에 걸쳐 발전한 도시의 구조와 같다. 도시의 중심부에는 그 도시가 생길 당시의 유적이 보존돼있다. 도시가 내부에서 외부로 발전하듯 인간의 뇌도 안쪽에서 바깥쪽으로 진화했다. 가장 바깥쪽 대뇌피질은 인간이 영장류가 되면서 확장된 곳이다. 그 안쪽은 변연계로 인간이 포유류로 진화하면서 생긴 부분이다. 도시 중심부에 고궁이 자리하고 있듯 우리 뇌의 코어에 해당하는 부분에는 R-영역이 남아있다.

R-영역은 먼 옛날 우리가 파충류였던 시절에 생겨났다. 우리들의 머

리에 우리가 도마뱀이었던 시절의 뇌 조각이 그대로 남아있는 것이다. 여기서 세력권 방어, 이방인에 대한 이유 없는 적개심, 지도자에의 무조건적 복종, 위계질서에의 순응, 종교적 의식행위儀式行爲, 착취하고 학살하고 먹어치우는 습성, 살인을 일으킬 만한 격렬한 분노, 호전성 같은 기능들을 관장한다. 지나친 애국심, 배타적인 종교관, 독재자를 향한 광신적 찬양 등이 모두 이 원시적 영역에서 비롯된다. 쥐라기 시절의 공룡들도 무리사냥을 하고, 달밤이면 제단 위에 무리 중 가장 어린 희생물을 찢어발겨 그 피를 온몸에 처바르고 목 놓아 울 줄 알았으리라.

이 R-영역은 우리 머릿속에서 가장 진화된, 이성을 관장하는 대뇌피질의 영역과 항상 불편한 휴전관계를 유지해왔다. 칼은 외계인에게 전해줄 동판 메시지에 지구와 인간의 역사에 대해 수록하면서 인간 뇌의 R-영역에 관계된 정보들을 삭제했다.

나는 가끔 모나가 우리들의 R-영역에 관해 미리 알았더라면 과연 이별에 오고 싶었을까, 혹은 그녀가 이 나라 말고 쿠바의 하바나 같은 곳에 떨어졌더라면 좀 낫지 않았을까, 혼자서 부질없는 질문을 던져보곤 한다.

8.

거개의 SF영화들에 원작자가 따로 있듯 스탠리 큐브릭의 〈2001년 스페이스 오딧세이〉 역시 아서 C. 클라크의 단편소설 〈파수꾼 The

Sentinel〉을 모티프로 제작됐다.

〈파수꾼〉은 13페이지 분량밖에 안 되는 짧은 단편으로 내용은 간단하다. 미래의 어느 날, 달기지에서 근무 중이던 과학자 윌슨은 달 언덕에 묻힌, 외계인의 흔적이 분명한 금속성의 구조물을 발견한다. 주인공이 그 구조물을 바라보며 인류보다 훨씬 이전에 우주를 탐사해 달에 도착했던 외계인들과, 그들의 고독에 대해 상상해보는 것으로 소설은 끝이 난다.

까다롭기로 이름난 큐브릭은 원작대로 영화를 끌어가지 않고 각본을 수정했다. 원작에 종교와 인류의 미래를 아우르는 자신의 철학을 담아보겠다고 욕심을 부린 것이다. 이에 따라 원작에서 외계인의 흔적으로 보이는 피라미드 형상의 금속성 구조물은 모세가 산상에서 들고 내려온 십계명 석판을 닮은 모습으로 대체됐다. 이 모노리스(monolith)는 무슨 계시라도 되는 듯 리햐르트 슈트라우스의 웅장한 주제곡과 함께 영화 곳곳에 거듭 등장한다.

큐브릭은 거기에 만족하지 않고 더 욕심을 냈다. 영화에 상대성이론의 시각적 형상화를 시도한 것이다. 목성궤도에서 인류 앞에 세 번째로 나타나게 되는 모노리스를 마주하면서 주인공이 탄 우주선은 빛에 가까운 속도로 미지의 우주공간을 향해 빨려들게 된다. 큐브릭은 이 장면에 20분을 넘게 할애해 인간이 빛의 속도에 가깝게 움직이게 될 때 볼 수 있는 광경을 관객들에게 체험시키려고 갖은 애를 썼다. 그러나 이 서투르고 무모한 시도는 결과적으로 실패했다. 관객들은 그 환각적 색채경

험이 뭘 말하는지 도무지 알 수 없었던 것이다.

제작에 참여했던 원작자 아서 클라크는 큐브릭의 야심과 맞서 자주 말다툼을 벌이다 제작진을 떠나 자신의 다락방으로 돌아가고 말았다.

시사회가 있고 평론가들의 혹평이 신문 지면을 메웠다. 큐브릭은 스토리 하나 일관되게 펼칠 줄 모르는 무능력자로 비난받았다. 어떤 의미에서 그것은 적절한 평이었다. 큐브릭은 막대한 제작비를 갚을 도리가 없어 짐을 쌌다. 그런데 행운이 전혀 예기치 못한 곳에서 찾아왔다. 미국의 히피 젊은이들 사이에서 마약을 복용하지 않고도 환각의 세계를 경험할 수 있는 영화로 소문이 나기 시작했던 것이다. 개봉한 지 두 달이 지나면서 소문은 걷잡을 수 없이 확산됐고, 극장은 몰려든 관객들로 미어졌다.

모나가 이 영화를 함께 보자고 전화했을 때, 나는 공장을 그만두고 중고차를 구입해 전국을 싸돌아다니는 중이었다. 밤늦도록 운전을 하다 해변에 이르면 차에서 잠이 들었다. 잠이 깨면 다시 차를 몰았다. 기름을 살 돈이 다 떨어질 때까지 그렇게 살 생각이었다.

모나는 내게 꼭 봐야할 영화가 있다고 말했다. 나는 일이 힘들 텐데 푹 자두는 게 낫지 않겠냐면서 세상에 꼭 봐야할 영화나 소설 따위는 없다고 대답했던 것 같다. 하지만 그녀는 함께 있고 싶다고 했고 나는 서울로 올라와 공장 근처의 비디오방, 퀘퀘한 먼지와 앞서 들렀던 커플이 흘리고 간 비릿한 체취 속에서 그녀의 손을 쥐고 영화를 봤다.

보는 도중에 나는 잠이 들었다. 영화가 끝날 때까지 그녀는 나를 깨우지 않았다. 비디오방을 나와서도 그녀는 영화에 대한 이야기는 하지 않고 잠든 동안 내가 가끔씩 경련하듯 몸을 떨어서 어디 아픈지 걱정이 되더라고 말했다.

9.

　우리들의 과학이 이제껏 밝혀낸 바에 따르면 우주를 구성하는 궁극의 최소단위는 전자나 쿼크 같은 구球형의 입자가 아니라 이보다 훨씬 미세하고 끊임없이 진동하는 아주 가느다란 끈이다. 이 끈이 어떻게 진동하느냐에 따라 입자의 성질과 힘을 나타낼 뿐이다. 이렇게 떨리면 전자가 되기도 하고 저렇게 퉁기면 광자光子가 되기도 한다. 물이 되기도 하고 흙이 되기도 하고 바람이 되기도 하고 우리 자신이 되기도 하는 것이다.

　물론 우리는 이 끈을 볼 수도 없고 만질 수도 없다. 우리에게 궁극이란 늘 그렇다. 안간힘을 다해 손을 내밀어보지만 겨우 닿으려는 순간 사라지고 없는 것이다. 궁극 자체가 허상이기 때문일까, 아니면 우리가 그림자에 불과한 까닭일까.

　모나는 내게 빛의 속도는 30만km/sec라고 가르쳐줬다.

10.

내게 작별인사를 하러왔던 날, 모나는 들떠 있었다.

이 별을 떠날 때가 됐다는 것이었다. 자신의 별에서 시그널이 왔는데 그들을 맞이하기 위해 지구인들이 모르는 어떤 장소로 가야한다고 했다.

나는 붕대로 친친 감은 그녀의 오른 손목을 보면서 그러냐고 말했다.

"공장도 그만두게 됐죠."

모나는 잘려나간 손목을 들어 보이며 밝게 웃었다.

나는…… 얼마나 받았냐고 물어보고 싶었다. 그런 건 내가 잘 아니까. 내가 경력이 얼만데. 그때 내가 눈물을 보였던가? 아니, 나는 울지 않았다. 그녀가 자기 별로 돌아가게 된 것뿐이었다. 축하를 해줄 일이었다.

나는 가까스로 뭐 필요한 게 없냐고 물었다.

"아저씨 차가 좀 필요한데."

모나는 미안한 듯 웃었다.

나는 기꺼이 키를 건네줬다. 지구인 대표로서의 위엄을 잃지 않으려고 애쓰면서 그녀에게 우리별을 방문해줘서 정말 고마웠고, 이 별의 과학은 아직 상대성이론 이상을 넘지 못해서 많이 불편했을 거라고 사죄의 말을 했다.

"우리별에선 모두가 입장에 따른 정도의 문제일 뿐이야. 믿고 디딜 발판 같은 건 없어졌지. 그 점이 미안해."

"이제 봤더니 아주 바보로군요."

모나는 남은 손으로 내 볼을 어루만졌다. 열이 높아 그녀의 얼굴은 창백하게 젖어 있었고 손바닥은 불덩이 같았다.

"상대성이론에도 전제가 있어요."

그녀가 말했다.

"그대는 빛의 속도에 그대의 속도를 더하거나 빼지 말지니. 이 별의 천재 과학자는 결코 변하지 않는 빛의 속도에 의지해 특수상대성이론과 일반상대성이론의 수학적 계산에 성공했어요. 모든 게 상대적이라는 상대성이론조차 기준이 있는 거예요."

그녀는 내게 빛의 속도를 일러줬다.

그리고는 무슨 뜻인지 알겠냐고 물었다. 나는 목이 메어 아무 말도 할 수 없으면서도 알겠다고 말하려고 입을 벌렸다. 쿠데타는 범죄라고, 자유민주주의가 아니라 민주주의라고, 어떻게든 소리를 내 말을 하려고 기를 썼다. 하지만 내 입에서 비어져 나온 소리는 짐승 같은 신음뿐이었다.

"빛을 따라가세요."

모나는 말했다.

"빛은 거짓말을 하지 않아요. 우리 자신이 빛이라는 걸, 우리 스스로가 펄서(pulsar)라는 사실을 잊어서는 안돼요."

모나는 내가 그녀의 말을 잊지 않는다면 자신의 별에서 자라게 될 우리 아기가 보이저1호를 발견하게 되는 날, 아빠를 찾아오게 되리라고 말했다.

11.

　여름 밤, 남쪽 하늘 아래를 주의 깊게 살피면 알파-켄타우로스별을 발견할 수 있다. 그 별은 삼성계三星界로 우리 눈에만 하나의 별로 보일 뿐 실은 세 개의 태양으로 이뤄졌다. 우주의 별들은 대개 쌍성계를 이루는 것이 일반적이라고 한다. 그러니까 우리 태양계도 쌍성계를 이뤄야 했는데 목성이 항성이 될 만큼 크지 못해서 빨리 식는 바람에 하나의 태양밖에 가지지 못하게 된 것이다.

　모나는 알파-켄타우로스별 세 개의 태양 중에서 프록시마-켄타우리라는 별에 속한 작은 행성에서 태어났다고 했다.

　나는 여름밤이면 모나가 이 별을 떠난 자리에 찾아가곤 한다. 보험사 직원은 모나가 수년 전에 생모를 만났고, 모녀가 빚에 눌려 살아왔다며 실종에 무게를 두고 나를 추궁하지만 나는 더 해줄 말이 없다. 사람들마다 일생을 통해 얘기해도 다하지 못하는 이야기가 있는 법이다.

　인류가 선택한 생존의 틀은 그 허울만 이성에 의지하고 있는 듯 보일 뿐 실제로는 R-영역에 의해 지배받고 있다. 쥐라기 시절, 끊임없이 먹어치우다 비대해진 몸뚱이를 감당하지 못해 멸절했던 공룡들의 그것과 차이가 없는 것이다. 현생인류는 별로 가망이 없다.

　교차로 맞은편의 신호등은 바람이 불면 앞뒤로 조금씩 흔들린다. 등갓 아래 붉게, 혹은 푸르게 물들며 명멸하는 신호등 불빛이 선명하다. 눈을 감으면 강물소리를 들을 수 있다. 나는 눈을 뜬다. 밤하늘에 오싹하리만치 많은 별들이 흐르고 있다.

모나는 보이저1호가 오르트구름을 지나고 있다고 했다. 프록시마-켄타우리의 작은 행성에 닿기까지는 10만년이 걸릴 것이다.

시간이 두려울 이유는 없다. 나는 곧 시간의 형용일 뿐이니까. 빛을 따르면 될 일이다. 우리가 곧 빛의 자식들이므로.

나는 강가로 내려가 조약돌을 주워 검은 수면 위에 물수제비를 뜨곤 한다. 어둠 속에 포말이 일 적마다 기뻐 외치는 모나의 음성을 듣는다. 나는 기다릴 참이다. 언젠가 이웃별에서 떠내려 온 우주선 한 척을 발견하고 이 깊은 바닷속 심연으로 찾아오게 될, 우리들의 별아기를.

- 『문학들』, 2008년, 봄호

세상의 아침들

세상의 아침들

　섬 동백이 지는 계절이다. 아침나절, 바다는 파도 한 점 없이 푸르렀다. 섬 공원으로 가는 길목 어귀에는 도로 양편으로 기념품가게와 편의점, 횟집 등이 십여 미터 남짓 늘어서 있다. 길가로 면한 창을 모두 검게 칠한 찻집 입구에서 여종업원 하나가 불쑥 나타나 보도블록 턱에 빗자루를 툭툭 턴 뒤 봄 햇살을 향해 입이 찢어져라 하품을 해보이고는 도로 들어갔다. 잠시 후에 대한통운 점퍼를 걸친 사내 셋이 바지춤에 손을 찌른 채 장어탕집 골목을 향해 바삐 도로를 건너갔다. 여수역 방향에서 여자 하나가 걸어온 것은 인도 위 양지바른 곳에 배를 깔고 엎드린 개가 고개를 파묻고 거리가 정적을 되찾을 즈음이었다.

　여자는 맨발에 한쪽 무릎을 절며 방파제를 향해 걸었다. 섬 쪽에서 불어온 미풍이 허리께까지 찢긴 자줏빛 치맛자락을 들출 때마다 볼기의 맨살이 희끗희끗 드러났다. 그때마다 여자는 걸음을 늦추고 타진 곳을 여몄다. 공원 가는 길목에 들어선 여자는 수퍼 앞을 지나치다가 파라솔 탁자에 내놓은 삶은 계란 바구니를 발견했다. 여자는 탁자 옆에 놓인 의자에 고꾸라지듯 주저앉았다. 이어 껍질을 벗기는 둥 마는 둥 입에 쑤셔 넣기 시작했다. 순식간에 두 개를 먹어치우는 동안, 수퍼 안쪽에서 허리가 굽은 노파가 달려 나왔다. 노파는 욕지거리를 퍼부으며 거꾸로 거머쥔 먼지떨이를 휘둘렀다. 쏟아지는 매질을 피해 얼굴을 감싸고 널브러지면서도 여자는 필사적으로 손에 쥔 계란을 물어 삼켰다.

노파가 숨을 고르는 사이, 입가에 설익은 노른자를 묻힌 채 볼이 미어져라 우물거리던 여자는 허리춤을 뒤적였다. 매질에 맞아 곱은 손가락 사이로 백동전 몇 푼이 떨어져 탁자 위에 굴렀다. 노파가 쏟아진 동전들을 눈으로 좇았다. 그 틈을 타 달아나면서 여자는 계란 한 알을 더 낚아챘다. 목이 메는지 여자는 걷는 중에 연신 가슴을 두드렸다.

방파제 어귀의 섬 공원 매표소에 도착하자 여자는 주의 깊게 매표소 유리창 안을 살폈다. 아무도 보이지 않는다. 여자는 한달음에 매표소를 지나쳤다. 거기서부터 긴 방파제 길이 섬으로 이어져있다. 여자의 입가에 미소가 떠올랐다. 걸음을 늦춘 여자는 소풍이라도 나온 것처럼 방파제를 걸었다. 섬 쪽에서 간혹 바람이 불어올 뿐, 방파제 양편의 바다는 이랑 한 골 없이 푸르다. 수평선 가까이 몇 척의 배가 꼼짝도 않고 떠있다.

섬에 닿는 길목에 이르러 여자는 길 아래로 내려가 바닷물을 몇 움큼 쥐어 들이켰다. 물 위 부표에 팔을 걸치고 떠서 휘파람을 불던 해녀가 여자를 줄곧 지켜보다가 손을 내저었다. 여자는 방파제 길로 다시 올라온다.

 길은 완만한 능선을 따라 섬 정상으로 이어졌다. 손바닥만한 섬 전체
가 동백나무숲이다. 막바지 동백꽃들이 통꽃 째로 떨어져 숲 그늘을 두
드린다. 굵은 빗방울이 듣는 소리 같다. 적요한 섬에 꽃 지는 소리만 가
득하다. 오르막길을 오르기가 힘에 부치는지 여자는 간간 걸음을 멈추
고 숨을 몰아쉬었다. 숲 너머 내려다뵈는 해수면에 햇살이 부서져 어지
러이 일렁였다.

 등대가 있는 정상까지 오르자 여자는 그늘에 놓인 벤치로 가 앉았다.
꽃잎 한 장 시들지 않은 핏빛 꽃봉오리들이 여자의 머리로, 무릎으로 뚝
뚝 떨어져 내렸다. 여자는 눈을 가늘게 뜨고 꽃 지는 소리에 귀를 기울
였다. 숲 그늘 너머 펼쳐진 바다를 내려다보다 무릎에 떨어진 꽃들을 주
위 먹었다. 발치에 쌓인 붉은 꽃들을 맨발로 쓸어봤다.

 이윽고, 숨을 고른 여자는 몸을 일으켰다. 여자는 길을 버려두고 동백
나무 숲을 헤치고 나아갔다. 곧 바다로 드인 단애가 나타났다. 벼랑 끝
에 선 여자는 허공을 향해 흡족한 얼굴로 웃어 보였다. 볼을 타고 흘러
내린 눈물이 턱 끝에 맺혔다가 방울방울 떨어졌다.

 막 청소를 마친 매표소 여직원은 창구 앞으로 의자를 당겨 앉았다. 입
장권 묶음에 차례로 순번을 매기는 동안 상춘객들을 싣고 온 첫 버스가
도착했다. 여직원은 무심코 고개를 들었다. 매표소 창 너머 섬 남녘 끝
자락에서 해홍화海紅花 한 떨기가 바다로 날아 내렸다.

*

1.

이스마코는 안간힘을 다해 호베이나무 덩굴줄기를 끌어당기며 바둥
거렸다. 가파른 벼랑 사면斜面은 밤새 강이 뿜어낸 안개로 흙이고 나무
덩굴이고 온통 미끈거렸다. 둘러멘 칼라시니코프 소총 탄창이 허리뼈를
찔러대 성가셨다. 강을 건너기 전에 입은 총상으로 오른쪽 발목이 납덩
이를 매단 것만 같다. 덩굴을 칼로 끊어낸 이스마코는 엎드린 채로 수액
을 받아 마셨다. 총성이 다시 계곡을 울렸다. 반사적으로 고개를 파묻으
면서 이스마코는 탄착점을 살폈다. 동이 터 오고 있었지만 강 건너 민병
대는 울창한 셀바스 그늘 탓에 그를 찾아내지 못한 듯했다. 짚더미를 쑤
시듯 무작정 쏴대고 있었다.

강 건너 밀림을 더듬던 이스마코는 눈가에 묻은 진흙을 훔쳐내고 벼
랑 꼭대기를 올려다봤다. 숲에 가려 암벽이 보이지 않았다. 다 오르기까
지 얼마나 걸릴지 알 수 없다. 출혈 탓에 기운이 빠지고 있었다. 이스마
코는 돌아누워 쉬었다. 코바리아강의 물안개와 여명을 걷으며 아침이
오고 있었다.

간헐적으로 쏘아붙이던 총성이 멎고 정적이 좀 흘렀을까. 우림의 새
들이 다시 목청을 돋우겠다 싶을 즈음, 홀연 맑고 처량한 께나 가락이
계곡에 울려 퍼졌다. 이스마코의 얼굴이 일그러졌다.

“사람의 정강이뼈로 만든 피리야. 틀림없어.”

신음을 내지른 끝에 가까스로 몸을 뒤집은 이스마코는 벼랑을 기어 오르기 시작했다.

소현이 잠들고 나면 나는 루리아가 준 께나를 불어본다. 취구에 입술을 가져다 댈 때마다 섬뜩하다. 입김을 불어넣어보지만 생황 비슷한 쇳소리가 날 뿐 좀체 선명한 음을 낼 수가 없다.

까르따헤나에 머무는 동안, 밤이 깊고 거리의 총성이 멎고 나면 루리아는 께나를 쥐고 창가에 앉아 안데스의 민요를 들려줬다. 께나 가락은 어둠 속에 나란히 웅크린 이스마코와 내 가슴을 찢어놓고 모텔 창을 타고 내려 카리브의 밤바다로 흘러갔다. 연주라기보다 흐느낌에 가까웠다. 피리는 어둠 속에서 하얗게 인광을 발했다. 뭣으로 만든 거냐고 묻자, 루리아는 이스마코의 무릎을 싸안고 정강이를 쓰다듬었다. 인디오들은 콘도르의 뼈나 죽은 연인의 경골을 깎아 피리를 만들었다.

여행을 다녀온 이후로 소현은 날마다 찾아온다. 퇴근하고 오면 소파에서 TV를 보고 있거나, 리모컨을 쥔 채로 잠들어 있다. 병원에 나가지 않는지도 모른다. 그녀의 소아과에서는 아무도 전화를 받지 않는다. 내가 돌아오면 그녀는 부스스 일어나 저녁을 준비하고 말없이 밥을 먹는다. 조기 자반을 발라내 수저 위에 얹어주기도 한다. 밤이 되면 내 품에서 잠이 든다. 한번은 그녀의 남편이 찾아왔었다. 어째야 좋을지 망설이는 동안, 그녀는 현관 앞에서 몇 마디 말을 나누고 제 남편을 돌려보냈다.

"카리브해는 어때?"

벽을 향해 돌아누운 소현이 물었다. 어둠 저편에 선이 고운 소현의 허리가 흰 뱀처럼 뒤틀리며 이불 속으로 숨고 있다. 나는 탁자 위 목갑 옆에 께나를 내려놓는다. 까르따헤나로 떠나기 전, 그녀는 난희의 죽음을 들고 내 집에 찾아왔다. 목갑은 떠날 적 봤던 자리에 그대로 놓여있다. 여태도 어떻게 처분할지 결정을 내리지 못한 모양이었다. 나는 대답 대신 창문을 닫고 그녀 곁에 눕는다. 오랫동안 소원해오던 여자를 안는데도 현실감이 없다. 그리워하던 것은 그녀를 향한 정염이 빚어낸 허상이었지 싶다. 어깨를 움직여 한숨을 내쉰 그녀가 중얼거렸다.

"지금쯤은 너도 알 듯하지 않아? 사람들은 누구나 떠나고 싶어 하고 실제로 떠나보기도 하지만, 결국 어디에도 가 닿을 수가 없어……."

그런지도 모른다. 어린 시절 내 방에는 바다로 향한 창이 하나 있었다. 창을 열면 심연을 알 수 없는 검은 바다가 턱밑까지 차올라 있고, 펼쳐진 만灣 너머로 초승달처럼 휘어진 끄트머리에 작은 포구가 보였다. 긴 항해에 지친 배들이 고단한 몸을 쉬면서 낡고 고장 난 장기를 수리하는 정비항이었다. 어쩌다 이름 모를 국적을 가진 큰 배가 들어와 축제를 준비하는 성채처럼 색색의 불빛들을 밝힐 때면 까닭 없이 두방망이질치는 심장을 달래느라 나는 잠을 못 이루곤 했다. 여러 겹 대기의 주름 속에서 불빛들이 떨고 있는 모습은 마치 나를 손짓해 부르는 것만 같았다. 사무치도록 고우면서도 한편으로 어린 나로서는 헤아리기 힘든 슬픔을 지니고 있었다. 사흘을 꼬박 걸어야 할지도 몰라. 나는 눈망울이 글썽해질 때까지 넋을 잃고 그 광경을 지켜보다가 부모 몰래 벽장 안에 숨겨둔

라면이 몇 개나 모였는지 셈해보곤 했다.

소현이 찾아와 난희의 주검을 내려놓았을 때, 나는 살면서 까맣게 잊고 있었던 그 불빛들을 생각해냈다. 한 번이라도 좋으니 불빛들을 찾아 떠나고 싶었다. 나는 직장에 휴가를 내고, 지도를 뒤져 이 나라에서 가장 멀리 떨어진 항구를 찾아낸 다음 퇴직금을 당겨서 라면 대신 들고 떠났다.

태평양 너머 콜롬비아의 까르따헤나 항구에서 불빛들을 다시 찾아내긴 했다. 내가 묵던 바리오스 포풀라레스 인근의 싸구려 모텔 창문을 통해서도 훤히 보였다. 불빛들은 20년 전 내 방 창가에 서서 봤던 그대로였다. 조금도 늙지 않고 밤공기 속에서 차갑게 떨고 있었고, 여전히 내 가슴을 설레게 했다. 그러나 가 닿을 수는 없었다.

나는 허탈해서 좀 웃었다. 불빛들이 어째서 그토록 슬퍼보였는지 알 것 같기도 했다. 끝 간 데 없이 펼쳐진 까르따헤나의 백사장에는 아무도 얼씬대지 않았다. 태양과 흰모래와 에메랄드빛으로 넘실대는 카리브해뿐이었다. 정부군과, 무장반군과, 민병대에 마약조직까지 뒤얽혀서 30년이 넘도록 내전이 계속되고 있는 나라까지 찾아오는 관광객은 드물었다. 대부분의 남미 여행객들은 브라질이나 페루로 넘어가기 위해 수도인 보고타 공항을 중간기착지로 이용할 따름이었다. 아침이면 나는 숙소에서 제공하는 콘티넨탈 식사를 루리아와 이스마코에게 넘겨주고 종일 해변에 나가 있었다. 어쩌다 꼴렉띠보(승합택시)를 잡아타고 스페인풍의 인끼시씨온 궁전이나 항구의 성벽과 망루들을 구경하기도 했지만 두어 번 그러다 시들해져서 그만두고 말았다.

대부분의 낮 시간을 나는 해변에서 물빛이 바뀌는 모습을 지켜보다가 해가 져서야 일어섰다. 돌아오는 길에는 윈도우에 쇠창살을 하고 벽을 뚫어 손님을 향해 총구를 겨누고 있는 가게 앞에 서서 어설픈 스페인어로 물건을 보여 달라고 말하거나 시장에 들러 아이들과 내가 먹을 것을 사왔다.

아이들의 식욕은 놀라웠다. 루리아가 열여섯, 이스마코는 열넷. 한창 식욕이 왕성할 나이들이긴 했지만 좀 지나치다 싶었다. 아이들은 노점 시장에서 사온 따코나 훈제 닭요리를 냉장고에 남겨두고 자시고 할 것 없이 그 자리에서 먹어치웠다. 그리고는 내 방에서 한 발짝도 나가려들지 않았다. 낮에는 안전하니 해변에라도 가자고 권해봤지만 이스마코는 한사코 고개를 저었다.

꿈결에 동박새 우는 소리를 듣다 잠에서 깬 새벽, 아이들은 내 침대 발치에서 서로의 입을 틀어막고 울면서 몸을 섞고 있었다.

2.

이스마코는 벼랑을 기어오르는 자신의 모습을 언젠가 본 적이 있는 것 같다고 생각했다. 백인들이 정부군과 함께 나타나 어머니 아라우카의 가슴에 석유 시추공을 박아 넣던 날. 선조들이 그랬던 것처럼 우와족 마을 인디오들은 코바리아 강가에 모였다. 캠프에서 막 돌아온 이스마코는 운집한 마을사람들 사이를 비집으며 여자애들을 눈여겨 살폈다. 초경을 치렀다는 표식으로 파파야나무 떡잎을 머리에 얹고 있는 소녀들 중에 루리아가 보이지 않았다.

족장 쿠와루의 부축을 받고 걸어 나온 부족의 마지막 주술사 월카야 할머니가 우와족의 역사를 기록한 바나나 잎을 강에 띄웠다. 계곡을 흐르던 나뭇잎이 여울로 들어서면서 방향을 틀고 말았다. 백발의 월카야 할머니가 얼굴을 감싸고 강가에 쓰러졌다. 모여선 군중들 틈에서 오열과 비명이 터져 나왔다.

가까스로 루리아를 찾아낸 이스마코는 다가가 손목을 잡아끌었다. 온몸을 떨며 울먹이면서도 루리아는 부족 주술사의 손녀답게 고개를 저었다. 결국 고향으로 돌아오게 될 자신의 미래를 그때 루리아의 젖은 눈망울을 통해 일별했던 게 아닐까 싶다.

아라우카를 떠나기 위해 월카야의 아도베로 찾아가자, 루리아는 아궁이 옆 흙바닥에 넋을 잃고 앉았다가 빈손에 께나만 쥐고 일어섰다. 코바리아강을 따라 사흘 밤낮을 루리아는 잠자코 이스마코의 뒤만 좇았다. 그러나 나흘째 새벽, 케추아계 인디오와 흑인들이 피를 섞고 사는 삼보 마을 하나를 벗어나면서 길가에 주저앉아 흐느끼기 시작했다.

그때만큼은 이스마코도 울지 않을 수 없었다. 먼 옛날 바다를 건너온 백인들이 우와족을 노예로 삼아 금광을 파던 시절, 대대로 전쟁을 거부해온 선조들이 선택했던 마지막 저항의 모습 그대로 그 새벽은 8백여 남짓한 아라우카의 우와족이 모두 죽음의 계곡에 올라 몸을 던지기로 정한 시각이었다. 그 순간을 잊기 위해 두 아이가 할 수 있는 일은 많지 않았다. 루리아는 셔츠의 단추를 풀고 덜 여문 젖꼭지를 꺼내 이스마코의 입에 물려줬다. 그들은 길가 종려나무 등걸 뒤에서 부둥켜안고 시간을 떠밀어 보냈다.

동이 트고 루리아가 칸나꽃 이슬을 훔쳐 치마 속을 씻어낼 무렵, 세상에 남은 우와족은 그들뿐이었다.

현관문을 따고 들어서기 무섭게 펑 펑, 총성이 거실을 울렸다. 변심한 애인을 향해 방아쇠를 당긴 임청하가 골목을 빠져나오며 가발을 벗어 쓰레기통에 버렸다. 나는 소파 밑에 떨어진 리모컨을 주워들고 TV를 껐다. 버튼을 잘못 눌렀는지 화면은 빗속을 구르는 기한이 지난 파인애플 통조림통들을 끌어당기는 장면에서 그대로 멎었다. 지난밤 그녀가 보고 있던 영화는 '미션'이었다.

"과라니족이 저 영화를 본다면 뭐라고 말을 할까?"

잠들지 못하는 모습이 걱정스러워 거실로 나왔을 때 그녀는 화면을 바라보며 중얼거렸다. 그들은 이미 멸종돼 세상에 없다. 어째서 그녀는 철 지난 영화들만 빌려보는 걸까. 나는 이불을 가져다가 덮어줬다. 인기척에 눈을 뜬 소현이 말했다.

"세상의 진실을 보려고. 진실은… 메두사의 머리 같아. 누구나 진실을 입에 올리지만, 인간은 실은 제 자신과 이 별의 진실을 감당해낼 만한 존재가 못 돼. 정면으로 마주보려고 들다간 돌이 되고 말아."

그녀는 이불을 여며주는 내 손을 힘주어 붙들었다.

"제 청동방패를 거울삼아야 해, 페르세우스처럼."

말을 마친 소현은 잠에 빠져들었다. 저녁은 혼자서 먹어야 할 것 같다. 그녀는 아직도 난희의 죽음을 감당하지 못하는 모양이다. 나 역시 그러하다. 우리는 남녘 공업단지의 사택마을에서 어린 시절을 보냈다. 초등학교를 마치고 마을을 떠난 이후로, 나는 한 번도 그곳에 찾아가본 일이 없다. 부끄러운 유년의 기억을 되살리고 싶지 않아서였다. 나와 소현이 차례로 떠난 이후로도 난희는 계속 그곳에서 살았다. 생전에 난희는 나를 세 번 찾아왔는데 그 가운데 두 번은 돈을 얻으러 왔었다.

중학교 때 처음 나를 찾아온 난희는 머뭇머뭇 돈이 필요하다는 말을 했다. 말하면서 잘 채워진 셔츠 단추를 자꾸 매만졌다. 젖가슴이 부풀 나이에 남자셔츠를 입고 있으니 구멍이 헐거워져 단추가 풀리는 모양이었다. 난희가 요구한 돈은 중학생 용돈으로 얼버무릴 액수가 아니었다. 나는 집에서 돈을 훔쳐내 난희에게 줘 보냈다. 난희의 할머니가 죽은 해였다.

두 번째 만남은 그로부터 10여 년이 흐른 뒤였다. 소현은 만나기로 한 자리에 불쑥 난희를 데리고 나타났다. 난희는 잃어버린 자식을 재회한 생모 같은 눈길로 구석구석 내 모습을 뜯어보며 웃었다. 군에서 갓 제대한 나는 필요 이상으로 당황했다. 그런 나와 난희를 이보다 더 재미난 구경거리가 없겠다는 눈빛으로 번갈아보던 소현은 다른 약속이 있다며 먼저 일어섰다. 그날 나는 난희에게 퉁명스레 굴었다. 헤어질 무렵, 그녀는 잘못이라도 저지른 얼굴로 말했다.

"내가 보고 싶다고 그랬어. 미안해."

난희는 더 모습을 보이지 않았다. 소현은 결혼을 했고, 여수역 부근 뱀골 사창가에서 난희와 비슷한 여자를 본 듯하다는 소문을 흘려듣기도 했다. 나이가 들고 세월이 흐르면서 세상에서 내가 어찌해볼 수 있는 일 따위는 별로 없다는 것을 깨달아갈 즈음, 난희는 다시 나를 찾아왔다.

"세상에 진 빚을 갚으려고."

이번엔 어디에 쓸 돈이냐고 묻는 내게 난희는 그렇게 말하며 웃었다. 왜 소현에게는 돈을 빌리지 않아? 그녀는 나를 물끄러미 바라봤다. 눈시울이 차츰 젖어갔다. 다른 사람 돈은 싫어……

3.

이스마코는 발목의 통증이 심해져오는 걸 깨닫고 돌아누워 탄약대 주머니에 담아 둔 코카잎을 꺼냈다. 강물에 젖은 노란 잎을 되는 대로 한 줌 덜어내 씹었다. 좀 지나자 발목의 고통이 한결 잦아들었다. 잠시만 눈을 붙였으면 원이 없겠다는 생각과 함께 피로가 몰려들었다.

"우리가 더 이상 코카나무를 심지 않고 코카인을 밀수출하지 않는다면 그들은 우리 땅에서 떠날 게 아닌가요?"

캠프의 사격교관 카빌도는 케추아계 인디오였다. 그는 피곤한 표정으로 시가꽁초를 오두막 기둥에 비벼 껐다. 카빌도는 일과가 끝나고 뭔가를 물으러오는 소년들을 달가워하지 않았다.

"코카나무는 태양의 신 인띠의 선물이다, 이스마코. 우리는 조상 대대로 코카나무를 심었고 그 잎으로 우리의 영혼을 씻고 신을 만나왔다. 우리가 이 땅의 모든 코카나무를 커피나무로 바꾼다고 해도 그들은 물러가지 않아."

이스마코는 고민에 빠졌다. 총을 쏘는 법을 배우는 일도 중요하지만 그러지 않고도 해결할 수 있는 방법이 있을 것 같았다.

"그들은 왜 물러가지 않는 걸까요?"

카빌도는 챙이 짧은 중절모를 벗어 쥐고 이맛살을 찌푸렸다.

"피라니아가 왜 사람을 물어뜯는지 쿠거가 왜 가축을 덮치는지 붙들고 물어볼 필요는 없단다."

"그들은 우리 땅을 빼앗고 싶은 건가요?"

"아니. 코카인이건 땅이건 우리들의 내전이건 그런 것들은 그들이 이 땅에 온 표면적인 이유에 불과해. 그들이 원하는 건 우리야. 바로 우리란다. 이제 그만 가서 씻고 쉬거라."

카빌도는 이스마코의 어깨를 툭툭 쳐서 돌려보내고 말았다. 막사의 소년들이 장난을 치다 하나둘 곯아떨어진 뒤에도 이스마코는 카빌도의 말을 되새겨봤다. 치브차계 우와족은 어머니의 육신을 모질게 대하는 일이 없다. 옥수수와 감자를 심고, 수확이 끝나면 원기를 회복할 때까지 몇 년을 내버려둔다. 식량이 부족한 봄철이면 3개월간 부족 구성원 모두가 단식을 한다. 그런 우리에게서 빼앗을만한 게 뭐가 더 있다는 것일까.

막사 바깥에 달빛이 흩뿌려지고 피로가 몰려드는 가운데 루리아의 께나 가락이 들려오기 시작했다. 생선 비린내 물씬한 항구의 하역창고. 세 명의 백인사내 중 하나가 아랫도리를 발가벗긴 채 발버둥치는 루리아의 뒤통수를 궤짝 위에 찍어 누르고 있었다. 이지, 이지. 이글거리는 눈으로 소총의 조종간 자물쇠를 푸는 이스마코를 향해 또 다른 하나가 진정하라는 손짓을 하며 다른 손을 허리 뒤로 가져갔다.

아아 루리아. 가위에 눌려 뒤척이던 이스마코는 소스라치며 잠에서 깼다. 그 서슬에 기대고 누웠던 나뭇가지가 부러져나가며 강 건너 숲속에서 반짝 빛이 일었다. 마마니의 망원렌즈……. 이스마코는 더 생각할 겨를도 없이 근처 고목을 향해 엎드려 기었다. 뒤이어 빗발치듯 탄환이 쏟아졌다.

난희는 경비원 집 아이였다. 사택마을 아이들이나 서산 너머 초등학교가 소재한 달내리 마을 아이들이나 모두 난희를 그렇게 불렀다. 그곳에서 자란 시절을 돌이켜볼라치면 높다란 발전소 굴뚝과 잿빛으로 오염된 만灣이 먼저 떠오른다. 낮이면 굴뚝에서 피어오른 석탄재가 널어놓은 빨래에 시커멓게 내려앉았고, 밤새도록 서녘의 산 너머 정유공장에서 불순물을 태워 날리는 정유탑의 불빛이 불긋불긋 산의 윤곽을 비췄다. 언덕 중턱을 비스듬히 깎고 들여세운 마을에는 꼭대기의 소장네 집부터 시작해 60여 호의 직원가족들이 언덕을 내려오며 가장의 직급순서대로 입주해 살았다. 우리 집은 맨 아랫집이었다. 우리 집 밑에는 사택

외곽을 두른 철조망이 지나고 펼쳐진 갯벌 너머로 죽은 바다가 누워있었다. 꼭 그래서였다고 생각하고 싶지 않지만, 그 시절 아버지는 걸핏하면 밥상을 차 엎었고 그때마다 어머니는 더는 못 살겠다며 친정으로 가곤 했다. 그러나 그마저 감사해야했다는 걸 나는 나중에야 알았다. 아버지와 어머니는 철조망 안에서 살기 위해 발전소 소장의 서울집 앞에서 한겨울 새벽 네 시간을 들고 간 갈비짝만큼이나 얼면서 기다려야했던 모양이다. 그 덕에 나는 철조망 안에서 자랄 수 있었다.

난희는 철조망 바깥 아이였다. 내가 이사 오기 전에는 난희도 철조망 안에서 산 적이 있다고 했다. 사택 경비원이었던 난희의 아버지가 교통사고로 죽고 그녀의 어머니는 야반도주를 놓은 이후로, 남겨진 난희와 난희 할머니는 그때부터 사택마을을 떠나지 않고 철조망 바깥 야산의 외딴 농가에서 살았다. 떠나라고 한들 그들에겐 떠날 곳도 없었을 것이다.

이사를 온 지 얼마 안 돼 나는 무슨 일인가로 아버지에게 실컷 얻어맞고 발가벗겨져 집밖으로 내쫓겼다. 그날 나는 난희를 처음 봤다. 낯선 아이가 발가벗고 쓰레기통 뒤에 숨어있는 모양을 구경하느라 사택마을 아이들이 사내애건 계집애건 너나할 것 없이 몰려들어 킥킥대다가 다 떠나고 난 뒤에도 여자아이 하나만은 시종 아카시아나무 그루터기에 몸을 숨기고 나를 지켜보고 있었다.

"저리 가!"

나는 한 손으로 사타구니를 가리고 돌을 주워 힘껏 내던졌다.

그 이후로, 난희는 어디서나 자주 보였다. 맛난 것을 준다는 말에 성

탄절 이브날 밤 사택마을 아이들과 함께 달내리 교회로 몰려갔던 날에
도 난희는 있었다. 성탄절 연극이 끝나고 저마다 과자선물을 한 아름씩
받아 안고 교회를 나올 무렵, 달내리 아이들은 신발장 앞에서 그 애의
넝마쪽 같은 신발을 걷어차며 돌려주지 않았다. 난희는 교회에서 나눠
준 제 몫의 과자선물을 부서져라 바짝 끌어안고서 아이들의 발길에 차
이는 제 신발을 눈으로만 좇으며 배시시 웃고 서있었다.

"내버려두고 그냥 가."

함께 지켜보던 사택마을 아이들 중 하나가 내 귀에 대고 말했다. 그날
난희는 맨발로 눈길을 걸어 집에 갔다.

난희는 학교에도 오지 않았다. 아이들이 달내리 초등학교에서 수업
을 받는 동안, 난희는 할머니의 손에 이끌려 달내리 쥐포공장에 가서 종
일토록 쥐치살점을 널어 붙였다. 난희 할머니는 난희를 쥐포공장에 데
려다놓고 나면 일이 끝날 때까지 동네 구멍가게 앞에서 모주를 얻어 마
시곤 했다. 겨울이면 플라스틱 바가지에 뜨거운 물을 받아 가져다놓고
쥐치살을 널다가 손가락이 곱으면 거기 담가 언 손을 잠시 녹이고 다시
살점을 이어붙이는 난희의 모습을 종종 볼 수 있었다. 학교선생님의 채
근에 못 이겨 난희 할머니가 난희를 학교에 보내주는 날이면 난희는 책
도 노트도 없이 교실에 앉아 선생님 말씀을 열심히 귀담아듣거나 시퍼
렇게 부르튼 손등을 뒤로 감추고 고무줄을 노는 여자아이들 사이를 돌
아다녔다. 그러면서 아무도 상대해주지 않는데도 환하게 웃었다.

발전소 직원의 가족이 아니면 사택마을 안으로 들어올 수 없었지만

저녁을 지을 무렵이면 난희는 별 문제 없이 마을 입구의 경비초소를 통과해 마을을 돌며 밥이나 라면을 얻어가곤 했다. 경비원들이 난희만은 들여보내주는 모양이었다. 그러나 그게 난희에게는 쉬운 일이 아니었음을 어느 날 알게 됐다. 그날따라 일찍 학교에서 돌아오던 나는 초소 앞을 지나면서 경비원이 난희를 무릎 위에 올려놓고 앉아있는 모습을 봤다. 경비원은 나를 보자 흠칫 놀라더니 컬컬하게 마른 목소리로 벌써 학교 끝났냐고 물었다. 난희는 초소 책상 위에 놓인 삼양라면 묶음을 내려다보고 있다가 고개를 들어 멍한 눈으로 나를 바라봤다. 검은 동공 안에 아무것도 담겨있지 않은 눈이었다. 경비원에게 인사를 하고 지나치면서 흘긋 본 초소 시멘트 바닥에는 밟혀 죽은 나비 형상을 한 여자아이의 팬티 한 장이 떨어져 있었다.

4.

캠프에서 훈련을 받는 동안 마마니의 사격솜씨는 단연 일품이었다. 마그달레나강 유역의 여러 부족에서 온 인디오 소년들은 마마니가 다방면에서 뛰어나다고 입을 모았다. 잉카의 후예인 케추아계라서 그렇다고들 수군거렸다. 카빌도도 마마니에 대해서만은 각별했다. 뭔가를 물으면 그가 물은 것 이상을 일깨워주려고 애쓰는 기색이 엿보였다. 이스마코는 마마니와의 달리기에서 한 번도 이겨본 일이 없다. 훈련기간 내내 카빌도의 오두막 난간에 걸린 망원렌즈는 소년들에게 관심거리였다. 총기 부착용 렌즈는 들여다보면 가는 십자금이 그어져 있고 오백 걸음 떨어진 물총새의 깃털까지 보였다. 성적이 뛰어난 소년에게 주어지기로 됐던 그것은 결국 마마니에게 돌아갔다.

"민병대로 가겠다고? 정부군이나 경찰에서 퇴역한 메스티소들이 모여 인디오 마을을 돌며 학살이나 일삼는 곳에?"

"반군은 안 그래? 다 똑같아. 차라리 민병대가 나아. 거기선 보수도 준대. 난 이제 더는 굶고 살기 싫어."

캠프를 떠나며, 마마니는 자신의 관물대에서 아끼던 시몬 볼리바르의 초상화를 떼어냈다.

"너 가질래?"

이스마코는 고개를 저었다. 남미를 스페인의 식민통치에서 해방시킨 영웅의 초상화는 반으로 찢겨 흙바닥에 버려졌다.

"하지만 마마니……."

"혁명은 끝났어 이스마코."

마마니는 입을 다물어버렸다. 지난밤 이스마코는 민병대원들이 피운 모닥불 틈으로 자신을 뒤쫓는 백인들과 마주앉아 골똘히 지도를 들여다보는 마마니의 모습을 봤다. 마마니의 소총에는 카빌도가 준 망원렌즈가 붙어있었다. 이스마코는 발목의 총상을 내려다봤다. 마마니의 탄환일지도 모른다는 생각이 들었다. 나뭇가지들 사이로 돌출된 암벽이 보이기 시작했다. 이스마코는 마지막 힘을 짜내 팔꿈치를 끌어당겼다.

"우린 결국 실패하고 말았군요. 어쩌면 좋죠, 동무?"

장만옥은 여명을 향한 애타는 눈빛을 거두지 못한다. 등려군의 노래를 끝으로 자막이 다 오르고도 한동안 말이 없던 소현이 입을 열었다.

"홍콩과 대만이 선사받은 파인애플 통조림은 유통기한이 지났어. 우린 어떨까?"

그녀의 안색이 창백하다. 저러다 병나겠다는 생각이 든다.

발전소 소장 집 딸 소현이는 사택마을 사내아이들에게 신비의 대상이었다. 달내리 초등학교의 부반장 여자애 따위는 비교도 안 됐다. 서울서 학교를 다니던 소현은 방학 때가 되면 제 어머니의 손목을 붙들고 마을에 나타났다. 소현이 왔다는 소문이 돌면 사택마을 사내아이들은 묘한 흥분에 휩싸여 술렁댔다. 그것은 저도 모르게 달아오르는 볼의 열기를 닮아있었다. 그럴 때면 아이들은 공을 차다가 별것 아닌 일로 말다툼을 벌였고, 달리 봐주는 사람 없이 우리들뿐인데도 제각기 잘하는 재주를 피워보이고는 스스로 무안해하곤 했다. 그러면서도 다들 소현의 이름만은 입에 담는 걸 꺼렸다. 또래들 중에 가장 촐싹대고 여자애들 흉보기 좋아하는 애조차 소현에 대해서만은 입을 닫았다. 우리가 놀고 있는 곳으로 소현이 지나가기라도 하면 아이들은 잘 놀다가도 저마다 벙어리가 됐다. 공을 엇차고 넘어진 뒤 엉뚱한 애에게 신경질을 부렸다.

"아 씨발 왜 그러냐 너만 똑별나게!"

먼발치에 소현이 나타나 우리가 노는 모양을 구경하던 날. 어째 좀 무리한다싶게 공을 몰던 장부장네 아들 장석호의 팔에 얻어맞은 길종이는 빽 소리를 질렀다. 길종이는 우리 옆집 사는 전계장 아들내미였다. 평소 같으면 반칙이니 아니니 저마다 나서서 소란을 피웠으련만, 우리는 일순 침묵에 빠지고 말았다. 석호와 길종이는 마주서서 쏘아보다가 얼굴이 새빨개졌다. 그날 길종이는 언덕배기 부장 집 아이들에게 얻어맞았다. 화가 난 길종이 엄마는 장부장네 집에 올라갔다가 주제에 꼴값한다는 소리를 듣고 돌아와 남편과 대판 싸움을 벌였다.

그러는 사이, 어이없게도 소현은 외로웠던 모양이다. 소현이 마을 아이들과 친해지게 만들 겸 해서 그녀의 어머니가 홍차장 부인에게 청을 넣고 마을 아이들 대여섯을 모아 과외공부를 시킨 적이 있다. 사택마을에 생긴 학원이었던 셈이다. 과목은 요즘 들어선 배우지도 않는 서예와 주산이었다. 언덕배기 윗동네의 부소장네와 부장 집 아이들로 성비를 맞춰 모은 그 틈에 영문을 모르게도 사택마을 맨 아랫집에 사는 내가 끼이게 된 적이 있다. 공부는 소장네 집에서 했는데 나는 그 널따란 거실에서 처음으로 카레라는 걸 먹어봤다. 플라스틱 태우는 고약한 냄새가 났다. 아이들 어깨너머로 훔쳐본 소현의 집 냉장고에는 이름도 모를 이국의 과일들이 그득했다.

내가 그 아이들 틈에 끼이게 된 걸 가장 기뻐한 사람은 아버지였다. 어머니는 여수 시내에 나가 붓과 벼루, 주판을 사다줬다. 그리고 소장네 집에 갈 적에는 꼭꼭 새 옷을 입게 했다. 나는 그런대로 열심히 공부했다. 홍차장 부인이 내가 그린 난蘭에 칭찬을 해준 게 어떻게 아버지의 귀에까지 들어갔는지, 어느 날 한 잔 걸치고 돌아온 아버지는 불콰한 얼굴로 내 방 문을 열었다.

"우리 아들이 글도 수월찮이 똑똑헌 구석이 있은께 소장님 댁에 가서 공부도 배우고 글제이. 거 봐라, 허문 되아. 열심히만 해. 넘다 잘 헐 필요까지는 없고이?"

어린 나는 신통하게도 그 말의 의미를 알아들었다. 저희들끼리 떠드는 윗동네 아이들 틈에서 새 옷에 먹물이 튀지 않도록 주의하면서 나는 말 그대로 열심히 붓 가는 길을 배우고 주판을 놓았다. 과외를 시작한 지 두어 달이 지나고 사택마을 유일한 평사원이었던 아버지는 승진을 해서 옆집 길종이 아빠처럼 계장이 됐다.

"넌 왜 그렇게 통 말이 없니? 원래도 말이 없는 편이니?"

소장네 집에 가는 것이 왠지 싫어지던 무렵이었다. 먹을 갈고 있는 내게 다가온 소현은 그렇게 물었다. 그리고는 무슨 대답이든 꼭 듣고야말겠다는 표정으로 내 얼굴을 들여다봤다. 나는 숨이 막혀 어쩔 줄 모르고 그 애가 떠나주기만 기다렸다.

"소현아, 먹은 다 갈았니?"

나를 구해준 건 소현의 어머니였다. 윤계장네는 아들을 참 얌전하게 키운 것 같아요. 그러게요. 홍차장 부인과 소현의 어머니가 나누는 이야기를 들으며 나는 그제야 내가 그곳에 전혀 어울리지 않는 아이란 걸 깨달았다. 소장네 집에 갈 적마다 길종이가 내 새 옷에 대해 빈정거리는 이유도, 주먹이 센 백과장네 순철이가 그 즈음 내게 자꾸 시비를 거는 이유도 알 것 같았다. 그래도 나는 잘 참았다. 소장네 집에서는 윗동네 아이들과 친해지려고 석호에게 아끼던 팽이를 주기도 했고, 이사 와서 어렵게 사귄 아랫동네 아이들이 날 쏙 빼놓고 노는 일이 있어도 모르는 척 같이 어울리려고 애를 썼다. 개학도 다가오고 조금만 더 참으면 됐는데, 그럼 소현은 서울로 돌아가고 소장네 집에 안 가도 됐는데, 난희와의 사건이 터지고 말았다.

마을사람들이 점심이나 저녁을 먹고 난 시각쯤이면 난희는 마을을 돌며 식은 밥을 얻어갔다. 그것도 아무 집이나 들르는 것이 아니라 나름대로 순번을 정해놓고 하루에 한 집씩 차례로 들르는 것 같았다.

난희는 밥을 빌러오면 그 집 부엌으로 난 문 앞에 바가지를 들고 말도 없이 서있었다. 밥을 내주면 인사를 꾸벅, 하고 철조망 밖 자기 집으로 들고 갔다. 돌아가는 길에 마주치는 마을사람들에게 난희는 수건으로 덮은 바가지를 조심스레 등 뒤로 감추고 꾸벅꾸벅 인사를 했다. 마지막으로 경비실을 지나며 경비원에게 꾸벅, 인사를 했다. 난희의 인사를 받은 마을사람들은 고개를 돌려 외면하거나 헛기침을 하고 지나쳤다. 난희와 난희 할머니는 사택마을 사람들에게 감추고 싶은 치부나, 지워버리고 싶은 얼룩과도 같은 존재였다. 마을 아주머니들은 난희 뒤에 대고 난희 할멈이 어서 죽어야 저 꼴을 더는 안 볼 거라면서 혀를 차곤 했다.

난희가 어째서 사택마을 아이들 중에 하필 나를 점찍었는지는 모른다. 어머니 대신 밥을 내주던 저녁, 난희는 밥을 담아들고도 가지 않았다.

"왜? 밥 부족해?"

방싯방싯 웃으며 몸을 꼬던 난희가 품속에서 꺼낸 것은 어디서 주웠는지 모를 다 떨어진 초등학교 1학년 국어책이었다. 이게 뭐? 영문을 몰라 물어도 난희는 낡은 운동화 한 쪽을 고무줄놀이를 하듯 들었다 놨다 하면서 말도 않고 웃었다. 그날 이후로 나는 난희에게 글을 가르쳐주게 됐다. 쓰레기통 옆 흙바닥에 기역 니은을 그려놓고 배우다가 우리 어머니에게 등짝을 두들겨 맞고 줄행랑을 놓은 다음부터는 내가 가끔 사택마을 철조망을 몰래 넘어 난희네 집에 놀러가곤 했다. 난희 할머니는 독살스런 눈초리로 나를 노려봤지만 친구가 없던 난희는 뛸 듯이 기뻐했다. 그 즈음 소장네 집에서 하던 과외공부로 아랫동네 아이들이 나를 따돌리는 바람에 나는 더 자주 난희에게 놀러갔던 것 같다. 어쩌다 쓰다만 노트나 색연필을 들고 간 다음날이면 난희는 발전소 굴뚝과 철조망 안 사택마을을 그린 그림들을 보여줬다. 때로 죽은 갯벌과, 오염된 만과, 외따로 떨어진 자신의 집이 그려져 있기도 했다.

글 놀이를 마치면 난희는 할머니의 단소를 꺼내와 불어줬다. 학교 앞 문방구에서 파는 피리보다 훨씬 형편없게 생긴 대막대기에서는 도레미파솔라시의 어느 음도 아닌 청승맞은 가락이 흘러나왔다. 노을 속 허물어져가는 농가 툇마루에 앉아 듣던 피리소리는 밤새 목놓아 우는 여인네의 곡성을 닮아있었다. 듣다보면 까닭 없이 가슴이 북받쳐 시무룩해지면서도 나는 난희에게 한 곡만 더 해보라고 조르곤 했다. 난희 할머니는 딱 한 번, 들판에서 뜯은 쑥에 밀가루를 이겨 부친 쑥전을 한 접시 내놓은 일이 있다.

사건이 있던 날, 소현은 제 어머니를 따라 달내리 시장구경을 갔다가 새끼염소 한 마리를 품에 안고 돌아왔다. 과외공부가 끝나고 소장네 집 뒤뜰로 몰려가서 본 까만 새끼염소는 내가 보기에도 귀여웠다. 껑충한 다리를 애써 가누며 비틀대는 염소를 구경하느라 아이들이 모여 있는 가운데 언제 왔는지 소장네 집 뒤뜰을 두르고 지나는 철조망 바깥에 난희가 서있었다.

“아아, 귀엽다.”

난희는 철조망에 손가락을 끼워 새끼염소를 가리키면서 아이들 사이에 서있던 나를 향해 웃었다.

“쟤 봐, 널 보고 웃는다. 너 쟤랑 친하니?”

정부장네 미연이가 물었다. 새끼염소에게 우유를 먹이고 있던 소현이 돌아봤다.

“아니…….”

얼굴이 화끈 달아올라 목소리가 기어드는데 석호가 대뜸 내 말을 받았다.

“아니긴. 길종이가 그러는데 너, 사람들 몰래 철조망 개구멍으로 빠져나가서 쟤랑 논다며?”

나는 그 길로 집에 돌아오고 말았다. 철조망을 따라 흐르던 개천가에 기어 올라온 개구리들이 까맣게 말라죽어 있었다. 그날따라 서녘으로 낀 구름장 때문에 노을이 몹시 붉었다. 발전소 굴뚝에는 일찌감치 항공경계등이 깜박였다.

길종이 녀석, 말하지 말라고 그렇게 다짐을 해두었는데도……. 혼자

방에 누워 동화책을 덮어쓰고 분을 삭이고 있는데 왁자한 아이들 함성이 공터 쪽에서 들려왔다. 나는 길종이가 있으면 한 마디 해주려고 공터로 나갔다.

공터에는 길종이 말고도, 아랫동네 사내아이들에게 둘러싸인 채 난희가 예의 그 어줍은 미소를 머금고 어찌해야 좋을지 모르겠다는 얼굴로 서있었다. 아이들은 저마다 버드나무가지 하나씩을 꺾어들고 난희를 후려쳐서 공터 구석으로 몰았다.

"밥이나 얻어가지, 밥이나 얻어가지, 니가 뭔데 소장님댁엘 얼씬거려."

아이들은 노래까지 불러가며 회초리를 휘둘렀다. 그예 난희는 가까이서 새끼염소를 보고픈 마음에 마을로 들어와 소장네 집엘 갔던 모양이다. 내가 나타났을 때에 이미 난희의 종아리와 팔에는 붉은 줄이 죽죽 그어져 부어오르고 있었다. 한 녀석이 난희의 얼굴을 모질게 후려치고는 치마를 휙 들췄다. 난희는 얻어맞을 적마다 깜짝깜짝 놀라며 얼굴을 감쌌다. 겁에 질려 입술을 바르르 떨고 있으면서도 난희는 아이들을 향해 그만하라는 눈으로 안타깝게 웃었다. 난희 딴에는 어떻게든 웃음을 잃지 않으려고 안간힘을 쓰는 중이었다. 그럴수록 아이들의 회초리질은 매서워져갔다. 아이들은 기묘한 흥분에 도취돼 있었다.

"거지 애인 왔다!"

아이들 중 누군가가 나를 보고 소리쳤다. 나를 알아본 난희는 안도한 듯 활짝 웃었다. 망연하게 서있는 내게 순철이가 다가와 쥐고 있던 회초리를 건넸다.

"너도 때려."

아이들이 조용해졌다. 내 주위에 서있던 아이들이 약속이라도 한 듯 비켜섰다. 나는 순철이가 쥐어준 손가락 굵기만 한 버들가지를 내려다 봤다. 그래, 때려. 때려 임마. 안 그러면 넌 절대로 끼워주지 않을 줄 알 어! 아이들 사이에서 재촉하는 목소리들이 터져 나왔다. 야아, 이제 그만 됐어……. 길종이가 내가 쥔 나뭇가지를 빼앗으려고 들었다. 그때 내가 왜 길종이의 손길을 뿌리쳤는지 모를 일이다.

난희에게 다가간 나는 맥없이 회초리를 휘둘렀다. 한 번, 두 번……. 야 이 새끼야 제대로 안 때려! 독려하는 아이들의 목소리가 들렸던 것 같다. 그 이후로는 귀가 먹먹해 아무 소리도 들리지 않았다.

난희의 눈은 나를 바라보며 안타깝게 웃고 있었다. 그러다 차츰 이럴 리가 없다는 안색으로 바뀌며 새파랗게 질려갔다. 나는 난희의 얼굴이고 몸이고 가릴 것 없이 회초리를 내둘렀다. 그래, 가. 가버려. 가서 죽어버려. 다신 여기 밥 얻으러 오지 마. 내려치면 내려칠수록 보드라운 살집에 파고들며 전해지는 손맛의 쾌감은 걷잡을 수 없이 격렬해져갔다…….

정신이 돌아온 것은 난희가 쓰러지고 길종이가 내 손에서 회초리를 빼앗고도 꽤 긴 시간이 흐른 뒤였다. 모여 섰던 아이들이 뿔뿔이 흩어져 집으로 돌아갔다. 내가 어떻게 집에 돌아왔는지 기억에 없다. 다만, 쓰러지는 순간까지도 내 눈을 놓치지 않던 난희의 눈빛만 또렷했다. 언젠가 경비원의 무릎에 앉아 나를 바라보던, 텅 빈 눈이었다.

나는 그날 이후로 소장네 집에 공부하러 가지 않았다. 내가 오지 않는다는 말을 전해들은 아버지가 무슨 일이 있냐고 물어도 나는 아무 말도 하지 않았다. 까불지 말고 가서 얌전히 공부하라는 엄포도 듣지 않았다. 참다못한 아버지가 벌컥 화를 냈을 때 나는 해서는 안 될 말을 내뱉고 말았다.

"아 계장 아들이면 됐지, 씨발."

아버지는 말을 잇지 못했다. 그러나 가만 둘 아버지가 아니었다.

"주둥이에 밥 들어간께 부모 고생하는지도 모르고 이 빌어먹을 새끼가!"

나는 또 발가벗겨져 내쫓기고 말았다.

그 뒤 일주일이 넘도록 난희는 사택마을에 나타나지 않았다. 창문 밖으로 갯벌 너머 포구에 커다란 이국의 기선이 한 척 들어온 것을 본 날. 나는 벽장 안에 모아둔 라면을 가방에 쑤셔 넣고 철조망 개구멍을 기어가 난희네 집을 찾았다. 농가에는 아무도 없었다. 오후 내내 부근의 야산을 뒤져서야 달내리 넘어가는 고갯마루에서 난희를 찾아냈다. 남의 밭에 몰래 들어가 생고구마를 캐먹고 앉아있던 난희는 내가 다가가자 황급히 입가에 묻은 흙을 문지르며 호미를 치켜들었다. 그리고는 눈을 부릅뜨고 바들바들 떨면서 노려보다가 입에 거품을 물고 쓰러졌다. 난희가 간질을 앓고 있다는 사실을 나는 그때 처음 알았다.

실신한 난희를 업고 농가로 돌아와 툇마루에 눕혀놓고서야 난희는 정신을 차렸다.

"우리, 갯벌 너머 저편 포구에 가볼래? 나 라면 있어."

용서해달라는 말을 했어야 하는데, 그 말을 하려고 했는데, 나는 그렇게밖에 말 못 하고 가방 속에 든 라면을 꺼내 보여줬다. 난희는 힘없이 웃었던 것 같다. 툇마루에 누워 한참이나 내 얼굴을 올려다보던 난희는 문득 몸을 일으켜 팬티를 끌어내리고는 도로 누워 손짓을 했다.

"이리 와."

바지를 내리고, 발기도 되지 않는 샅을 난희의 축축한 그곳에 맞대고 엎드려서 나는 울었다. 지독히도 울었던 것 같다. 아프지 않아? 선홍의 상처와도 같은, 닿기만 해도 쓰리고 아플 것만 같은 그곳을 내게 맞대고도 난희는 아프지 않다고 말했다. 하나도 안 아파. 난희는 내 머리를 쓰다듬었다.

"포구엔 왜 가려고 해?"

"불빛들을 잡으려고. 거기 가면 잡을 수 있을 것 같아. 함께 가지 않을래?"

나중에. 우리 크면 나중에. 난희는 닦아봐야 또 흘러내려 속절없이 제 얼굴로 떨어지는 내 눈물을 자꾸자꾸 닦아줬다. 그러면서 웃었다. 나중에. 우리 크면 나중에……

그 바닷가 공업단지의 사택마을에서 나는 초등학교를 마쳤다. 소현은 방학 때면 서울서 내려와 사내아이들 마음을 흔들어놓곤 했고, 아이들은 석탄 낙진이 내려앉은 아카시아 꽃잎을 따먹으며 키가 자랐다.

저녁이면 난희는 변함없이 마을을 돌며 밥을 얻어갔다. 먼발치에서 나와 마주치면 사람들 모르게 웃고는 종종걸음으로 도망쳤다. 사택마을을 떠나던 겨울, 이삿짐 트럭이 달내리를 지나칠 때 나는 트럭 유리창에 이마를 바투 붙이고 도로변에 면한 쥐포공장 마당을 살폈다. 방충망 같은 쥐치 건조대를 열을 맞춰 비스듬히 뉘어놓은 마당에 언제나 그렇듯 난희가 바가지에 더운물을 받아놓고 쪼그리고 앉아 부르튼 손으로 쥐치 살을 널어 붙이고 있었다.

안녕……. 나는 내 귀에나 겨우 들릴만하게 말하고 흐려지는 유리창을 문질렀다. 뒤돌아 본 바닷가 썩은 갯벌로 을씨년스런 칼바람이 파도를 말아 올리고 있었다.

"보내야겠지. 이젠 보내야만 되겠지."

소현이 말을 했다. 거실 탁자에 난희의 육신을 사르고 남은 목갑이 놓여있다. 소현이 저 작은 곽을 움직인 것이 얼마만인지 모르겠다. 난희는 여수의 그 섬 공원을 참 좋아했어. 넌 이사 가서 몰랐겠지만 동백꽃이 피면 우린 그곳에 놀러가곤 했어. 네 얘기를 나눈 적도 있지. 실은… 난희는, 네 얘기만 하는 거였어.

나는 고개를 끄덕였다.

5.

벼랑 꼭대기까지 오른 이스마코는 기어가 반대편 언덕을 내려다봤다. 아라우카 땅의 우와족 마을은 사라지고 없었다. 마을이 자리했던 어머니의 품에는 기계 팔들이 땅을 향해 용두질을 치고 있었다. 북미의 석유시추 기술자들과 그들 밑에서 일하게 될 인부들의 마을이 깎여나간 오른쪽 언덕을 타고 내리며 들어서는 중이었다. 짓고 있는 아도베의 양식으로 봐 뮬라토들의 마을로 보였다.

"저 돌아왔어요 아라우카."

이스마코는 엎드려 속삭였다. 해가 뜨고 있었다. 지평선 가까이 브라질 접경 너머로 오리노코강의 지류가 황금빛 실뱀처럼 반짝였다. 이스마코는 눈물을 씻어냈다. 고향의 모습을 한 번 더 내려다본 이스마코는 벼랑 끝으로 돌아왔다.

30발들이 탄창 여덟 개를 바위 턱에 늘어놓고 그 중 한 개를 들어 장전하자 이명처럼 께나 가락이 귓가를 울리기 시작했다. 루리아가 곁에 있는 것이 느껴졌다. 이스마코는 이를 악물었다. 총구를 벼랑 아래로 겨누고 가늠자에 눈을 바짝 가져다댔다.

소현은 밤새 운전을 했다. 동이 터 전조등을 끌 무렵, 우리는 함께 자랐던 사택마을에 도착했다. 마을은 사라지고 없었다. 석탄을 때는 발전소는 가동을 멈췄다. 달내리 마을 입구의 표지석이 주춧돌 밑을 뒹굴고 있었다.

모두들 떠났어. 오염이 심해져서. 달내리 마을을 지나치며 소현이 말했다. 나는 검게 죽은 바다를 돌아봤다. 처음엔 사람들이 떠났고 그 다음엔 공장들이 문을 닫았지. 이젠 마치 유령들만 사는 곳 같지 않아?

언덕 하나를 통째로 밀어 다져버린 그곳은 매립지로 화해 있었다.

"이쯤이, 아마 이쯤이 우리 집이었는데……."

나는 흙더미 아래 묻혀있을 언덕 맨 아래쪽의 우리 집 터를 상상하며 금을 그렸다. 이쯤은 우리 집이었지. 소장 집 딸 소현이 막대기를 주워 들고 자신의 집이 있던 자리에 네모를 그렸다. 사택마을을 두르던 철조망도 그렸다. 마을은 생각보다 작았다. 이렇게 좁은 곳에 철조망을 두르고 집을 짓고 공을 차면서 살았다는 게 믿어지지 않았다. 소현은 자신의 집과 우리 집 사이에 여러 겹의 금을 그었다.

"노예들에게 자신들이 노예라는 사실을 잊게 만들려면 이렇게 철조망을 두르고, 그들 사이에 계단을 만들어주면 돼."

소현은 자신의 집이 있던 자리에 서서 막대기를 들고 웃었다. 나도 따라 웃었다. 흙더미 아래로 매설된 파이프에서 침출수가 흘러내리고 있었다. 이곳은 너무 쓸쓸해. 차량 뒷좌석에 놓인 난희의 유골함을 바라보며 소현이 말했다. 여수의 섬 공원으로 가려는 소현의 마음을 알 것 같았다.

소현이 차를 모는 동안 나는 까르따헤나에서 만난 아이들을 생각했다. 항구의 노점시장, 양념을 채워 넣은 통돼지가 모락모락 김을 피워 올리고 있는 레쵸나 노점상 앞에서 두 손을 꼭 붙들고 서있던 아이들의 얼굴에는 굶주린 기색이 역력했다. 저녁거리를 사든 나는 사내아이에게 고기조각을 덜어 내밀었다. 이스마코는 움찔 물러서면서 루리아를 등

뒤로 감싸고 도리질을 쳤다.

　숙소로 돌아왔다가 마실 것을 사두려고 나와 보니 뒤를 밟은 듯 아이들이 모텔 앞 광장 분수대에 앉아 나를 기다리고 있었다. 몹시 경계하면서 방으로 따라 들어온 아이들은 그 후로 함께 묵게 됐다. 나는 이스마코가 세수할 때면 뒷목까지 푸덕거리며 요란하게 씻는 모양이나, 루리아가 음식을 먹기 전이면 창 밖 비둘기 떼를 향해 고수레를 하는 광경을 바라보며 고개를 갸웃거렸다. 두 인디오 아이들은 그곳 메스티소들처럼 스페인어를 할 줄도, 영어를 할 줄도 몰랐다. 그래도 문제될 건 없었다. 그들의 이름, 내 이름이면 충분했다. 아이들은 나를 꼬레안이라 불렀다. 그게 내 이름이었다.

　나는 두 아이가 어디에서 왔는지, 왜 그렇게 아귀처럼 먹어대는지, 어째서 밤이면 소리 없이 울며 사랑을 나누는지 따위는 묻지 않았다. 나와 난희의 약속처럼 그들도 불빛들을 잡으려고 그곳까지 찾아왔으리라 생각할 따름이었다.

　함께 묵은 지 일주일이 지나고, 해변에 나갔다 돌아오니 이스마코는 어디에 숨겨놨다 들고 온 것인지 모를 러시아제 자동소총을 분해해서 소제하고 있었다. 능숙한 손놀림이었다. 나는 비로소 그 소년이 병사라는 사실을 알았다.

6.

이스마코는 강 건너 밀림을 내려다보며 사격을 퍼붓기 시작했다. 첫 탄창을 갈아 끼우면서부터 민병대 쪽에서 응사해온 탄환들이 바위에 맞고 튀며 매캐한 먼지를 피워 올렸다. 계속해서 탄창을 갈아 끼우는 이스마코의 먹먹해진 귓가로 루리아의 께나 가락이 점점 가까이 들려왔다. 이스마코는 요동치는 개머리판을 어깨에 끌어 붙이고 방아쇠를 당겼다.

"동백꽃이 아직 피어 있을까요?"

섬 공원 매표소 앞에서 소현은 창구에 대고 물었다. 진작 졌죠. 다 떨어진 지가 언젠데. 여직원이 표를 내밀었다. 그래요, 졌겠죠. 아직까지 피어있을 리가 없겠죠. 소현은 목갑을 안고 방파제 길을 걸었다. 아침햇살에 비낀 소현의 볼이 창백했다. 놀러온 사람들이 그녀의 입성과 품에 안은 상자를 눈여겨봤다. 소현은 아랑곳하지 않고 수평선 너머 허공에 눈을 둔 채 조금씩 울었다.

뒤어 오른 바위조각에 얻어맞고 이스마코는 사격을 멈췄다. 관자놀이 아래로 뜨끈한 피가 흘러내렸다. 아끼던 께나를 꼬레안에게 선물하던 날, 루리아는 꼬레안과 함께 해변에 나갔다. 이스마코는 극구 말렸다. 하역창고에서 그의 손에 죽은 자의 패거리들이 언제 그들을 찾아낼지 몰랐다. 저녁이 돼 돌아오지 않는 그들을 찾아 해변으로 나갔을 즈음엔 루리아의 몸은 이미 식어 있었다. 바닥을 더듬어 이스마코는 마지막 탄창을 찾아 쥐었다. 목덜미에 따스한 손길이 얹혔다. 이스마코는 고개를 저었다. 이제 그만. 이제 그만 이스마코. 생전의 모습 그대로 루리아가 말했다. 이스마코는 울음을 터뜨렸다.

총구를 겨누고 있던 마마니는 벼랑 끝에서 움직임을 발견했다. 재빨리 망원렌즈를 조절해 표적을 끌어당기고 방아쇠에 손가락을 걸었다. 십자선 중앙에 가슴을 조준하다가 마마니는 흠칫 놀라 동작을 멈췄다. 일어선 이스마코가 손을 흔들고 있었다. 렌즈에서 눈을 뗀 마마니는 심호흡을 했다. 엎드려있던 민병대 동료들이 돌아봤다. 마마니는 주저했다. 알 수 없는 갈등이 방아쇠에 걸린 손가락을 붙들고 있었다. 재차 렌즈에 눈을 들이댔지만 흐트러진 호흡은 가다듬어지지 않았다. 갈피를 못 잡고 망설이던 마마니는 마침내 총을 내려놨다. 몸을 일으킨 그는 숲을 헤치고 곧장 강가로 달려 나갔다.

"이스마코오!"

총성이 멎은 계곡에 마마니의 목소리가 메아리쳤다. 마마니……. 이스마코는 마마니를 내려다보며 웃었다. 귓가를 울리던 께나 소리가 어느덧 멎어 있었다. 이스마코는 동이 트는 하늘을 올려다봤다. 루리아를 안은 채 모래 위에 떨어진 께나를 향해 피투성이가 된 팔을 내뻗던 꼬레안이 떠올랐다.

"쏘지 말아요!"

총성은 마마니의 비명과 동시에 울렸다.

이스마코의 육신이 절벽 아래로 떨어져 내렸다. 마마니는 주저앉아 울먹였다. 쏘지 말아요. 내 친구란 말이에요…….

섬 언덕을 힘겹게 오른 소현은 등대가 보이는 정상에 도착하자 벼랑

쪽 벤치로 가 목갑을 내려놨다. 벤치 그늘에 앉아있던 여자가 오래 기다
렸다는 얼굴로 일어섰다. 나중에. 우리 크면 나중에…….

난희는 나를 향해 환하게 웃었다.

"민병대 일곱이 파르티잔 하나를 못 잡아 쩔쩔매고 있으니."

백인 사내가 마마니의 소총을 내려놓으며 투덜댔다.

"그러니 사람들이 이 나라를 로콤비아라고 부르죠. 미친 나라."

메스티소 하나가 이를 드러내고 웃었다.

*

섬 공원 정상의 일주로변 벤치에 낯빛이 초췌한 여자가 앉아있다. 여
자는 작은 목갑을 끌어안고 성긴 동백나무숲 그늘 너머로 바다를 내려
다보는 중이다. 해수면에 은빛으로 부서지는 아침햇살이 눈부신지 여자
는 이따금 눈을 깜박인다. 그때마다 여자의 볼을 타고 흐르는 눈물이 품
에 안은 상자 위로 떨어져 젖는다. 일주로를 따라 걷는 사람들이 여자의
옆모습을 흘끔거리며 지나친다.

여자는 고개를 기울이고 바다를 향해 가만가만 이야기를 했다.

"눈물은 눈물의 진실을 알고 있어도 흐르나봐. 아까부터 바다 저편에
서 구슬픈 피리 소리가 들려. 혹시 너희들에게도 들리니? 세상의 모든
아침은 다시 오지 않는데 불빛들을 잡으러 간 너희들은 돌아올 생각이
없구나."
- 『내일을 여는 작가』, 2005년, 봄호

모히칸족의 최후

모히칸족의 최후

"토마호크 스타일인데. 왜, 맘에 안 들어?"

"깍두기 아저씨네요."

"밀려면 죄다 밀든지. 앞머리는 왜 남겨 놔?"

소설쓰고앉었네가 소개한 독일 풍의 맥주집은 외벽을 타고 오르며 무성하게 푸른 잎을 펼친 담쟁이 넝쿨들 속에 둥지라도 틀 듯 자리하고 있어 들어설 때부터 고적하고 안온한 분위기에다 독일 성곽의 투박하면서도 견고하고, 화려하지 않으면서 중후한 맛까지 풍기는 곳이었다, 라고 말머리를 들여놓으면 남 듣기에도 곱고 읽기도 편하고 좀 좋으랴만 내게는 불온한 습기가 코끝을 적시는 카타콤처럼 음산해 보이기만 했다. 방금 전엔 또 어땠나. 무슨 잊혀진 혼식장려운동을 되새기듯 토속 어쩌구 음식점으로 끌려 들어가 보리밥에 된장찌개를 비벼 먹었다. 그

혼식장려 밥상은 빈곤 체험도 교육시키는지 점심 굶어 주린 위장을 반도 못 채우고 바닥을 보였다. 나는 수저를 내려놓자마자 새마을 모자를 고쳐 쓰고 이엉 얹은 초가지붕을 양철지붕으로 바꾸기 위해 달려 나가야 할 것만 같아 불안한 심정으로 주위를 두리번거렸다. 거기서 혹시 식사를 마치고 이를 쑤시는 손님들을 향해 느닷없이 호루라기를 불어재끼는 이벤트라도 벌였다면 나는 부리나케 달려 나가 그 길로 그 밥집뿐만 아니라 다시는 인사동 근처에 발모가지를 들이밀지 않을 작정이었다.

소설쓰고앉었네 옆에 의좋은 오누이처럼 한 소파를 나눠 앉은 나폼나게시써 또한 우호적이지 않았다. 술 사라고 꼬드겨 놓고 시간 내기 힘들었다느니, 주부로서 일찍 들어가 봐야 한다느니, 인사동이 얼마나 먼 거리인 줄 아냐느니, 있는 생색 없는 사색 형형색색으로 자존심에 덧칠을 하더니 왜, 왜 남 헤어스타일은 걸고 넘어져?

하고, 나는 맞은편에 앉은 일행을 향해 속으로만 투덜대다가 속으로만 하는 불평도 길면 목이 타는지 앞에 놓인 맥주를 들어 훌쩍 들이켰다.

다행히도……. 오늘 하루 중 다행한 일은 이것뿐으로. '피처' 라고 부르는 단지맥주였음에도 불구하고 맥주 맛만은 그럴듯했다. 거품이 쉽게 사그라지지 않을 만치 뻑뻑하고 맛이 무거운 정통 독일 맥주.

밀도. 나는 속으로 의미심장하게 중얼거려봤다. 밀도야 이건. 왜 우리나라는 왜 늘상 목구멍만 싸하게 적시고 마는 카스 맥주밖에 못 만들까. 또 한 번 투덜대다가 소설쓰고앉었네가 뭘 묻는 바람에 투덜댐의 심연 저 아래로 까마득하게 가라앉고 말았는데 그게 질문 탓인지 보리 맛을 꽉 채운 맥주의 무게 탓인지는 잘 모르겠다.

소설쓰고앉었네는 말짱한 얼굴로 이렇게 물었다.

"근데 토마호크가 뭐예요?"

토마호크tomahawk. 아니 넌 어떻게 소설씩이나쓰구앉었는놈이 토마호크도 모르니. 그러다가 풍덩, 혼자 토끼 구멍으로 빠져버린 것이다. 별안간 주위의 소음이 아득해졌다. 실내의 조명은 누가 조절이라도 한 듯 조도를 낮추었는데 그것은 오히려 옅은 어둠 속에서 주위 사물들의 윤곽을 보다 명료하게 피어오르도록 만들었다. 나는 무거운 맥주를 홀짝거리면서 두 일행 너머로 뵈는, 코발트빛 시원해 뵈는 민소매에 옆 허벅지께가 쩍 찢어진 짧고 검은 치마를 입은 채 다리를 꼬고 앉은 아가씨의 뽀얗게 타오르는 허벅지를 건너다봤다. 외출 전 화장대 앞을 서성이던 그녀가 '도발! 경쾌함과 단정함 속의 도발.' 뭐 이런 모토를 되뇌며

입고 나갈 의상의 컨셉을 결정한 것 같았다. 전형적인 타입이 아닐까, 허벅지가 많이 드러나지 않을까, 망설이며 거울에 이리저리 제 모습을 비춰보는 그녀의 표정도 눈에 선하다. 여자가 목을 젖히며 링 귀걸이를 흔들 때마다 귀걸이에서 반짝, 빛이 일며 내가 앉은 자리까지 찰랑거리는 금속성이 들려온다. 저렇게 먼데 여기까지 들릴 리가 있나. 귀걸이 흔들리는 소리가 맞나. 여기까지 들린다고? 하지만 들리는걸. 정말 들려오고 있었다. 나는 가랑잎처럼 의식의 수면 아래로 가라앉기 시작했다. 토마호크…….

토마호크는 미국의 순항미사일 이름이다. 소설쓰고앉었네가 모를 리는 없다. 단지 어원이나 유래가 궁금했을 것이다. 글쎄, 단순하게 넘겨 짚자면 토마는 토(toe 발톱, 부리)에서 유래됐다치고, 호크(hawk)는 매를 말하니 '매의 부리' 정도가 되지 않겠나? 모양도 닮았다. 어원 그대로 토마호크는 북미의 인디언들이 사용했던 자그마한 손도끼를 일컫는다. 허리춤에 차고 다니던 이 작고 날렵한 무기는 농업용이나 수렵용으로 쓰였겠지만, 주로 적의 면상을 향해 냅다 집어던져서 이마빡을 쪼개놓는 용도로 쓰였다. 나는 손목의 스냅으로 가공할 회전력을 얻은 토마호크가 직선에 가까운 둔각의 포물선을 그리며 날아가 적의 이마빡 한 가운데 내리꽂히는 광경을 머릿속에 그려봤다. 불현듯 뽀얀 허벅지를 가진 여자가 불안을 느낀 암사슴처럼 고개를 들고 나를 돌아본다. 토마호크를 연상하느라 내 눈빛에서 심상찮은 뭔가가 튀어나가서 물오른 암

컷들이 지니고 있는 자기 보호 본능을 건드리기라도 한 걸까. 이런 상황에서 엿보기에 어줍은 숙맥들은 죄라도 지은 양 눈을 내리깔고 말지만, 그래서 당신은 아직도 애인이 없는 거다. 이럴 땐 나처럼 뚫어질 듯 마주봐줘야만 한단 말이다. 제풀에 토라져서 고개를 돌릴 때까지 끈질기고 집요하게! 그러는 넌 애인 있냐고?

음……. 피우던 담배가 저절로 끊어지네. 또 담뱃값 올릴 시국이 된 모양이다. 요즘 담배란 하여간. 내 토마호크 이야기를 계속하자.

내가 토마호크라는 단어를 접한 건 제임스 페니모어 쿠퍼의 소설 『모히칸 족의 최후 Last of the Mohicans』를 통해서다. '마지막 모흐크 족'으로 읽히는 게 맞는 이 소설은 영국과 프랑스가 식민지 쟁탈에 여념이 없던 1757년의 북미 대륙을 배경으로 잉카스라는, 모흐크 종족의 마지막 후예를 그린 소설이었다.

붉은 피부를 지닌 모흐크족 순수혈통의 잉카스는 멸종하고 남은 마지막 모흐크족 청년이자, 부족의 왕손이다. 그는 영국군이 제공한 솔 달린 초록 군복 바지의 허리춤에 토마호크를 꽂고 다니며 좋은 영국군에 협조해서 나쁜 프랑스군과 싸우다 장렬하게 죽어간다. 광대한 북미의 협곡을 무대로 영국군 대령의 딸 코라와의 애틋한 사랑 이야기, 다른 인디언 종족 매구아와의 암투가 감긴 두루마리 화장지 풀리듯 펼쳐진다.

출간 당시 어디 감히 붉은 피부의 인디언 주인공이 백인 처녀와 사랑을 나누는 내용의 책이 버젓이 팔릴 수가 있냐는 미국사회의 반발과 분노에도 불구하고, 후일 제임스의 소설은 미국 고전의 반열에 드는 명작으로 평가받는다. 책 팔아서 파운드나 기니나 실링도 아니고, 페니나 긁어모아 보겠다는 소박한 소망을 제 이름에 새겨 넣은 영국작가 제임스 페니모어의 주제의식은 독자들이 알레고리를 들추려고 수고할 필요가 없게끔 소설 표면에 고스란히 노출돼 있다. 그는 영국인의 입장에서 이 소설을 썼다. 하지만 똑같은 약탈자로서의 영국군과 프랑스군, 그들로 인해 멸종의 길을 걸을 수밖에 없었던 북미 인디언 부족들의 비참한 운명을 비교적 담담하고 숨김없는 필치로 그렸다.

이 소설을 각색해 영화화한 것이 할리우드가 1992년에 출시한 영화, 〈라스트 모히칸 Last Mohicans〉이다. 당시 나는 모 항공사의 스튜어디스와 함께 이 영화를 봤다. 해외선이 아니라 국내선을 탄다는 것을 제외하면, 눈에 보이는 다양한 각도에서 그녀는 완벽했다. 나는 호시탐탐 그녀의 색동 머플러를 풀어볼 기회를 노리느라 애간장을 태우고 있었고, 그렇기 때문에 그녀를 위해 아낌없이 돈을 쏟아 붓던 중이었다. 그녀의 탐스런 입술을 거쳐 몇 판의 핏자가 사라졌는지, 몇 접시의 스파게티가 동이 났는지, 오직 신만이 아실 것이다. 신이 혹시 산수에 일가견이 있다면 말이다. 화장실에서 지갑을 꺼내들고 남은 차비를 셈해본 적이 있는 사내만이 내 심정을 알 것이다. 그랬는데 이 영화를 함께

보고 나서 나는 그 색동 매듭을 풀어 보겠다는 집념을 스스로 접고 말
았다.

　영화는 해도 너무했다. 어린 시절 내 가슴 속의 우상 잉카스는 모흐크
족의 마지막 인디언이 아니라, 호크아이인지 하는 백인 주인공으로 둔
갑을 해 있었다. 할리우드는 소설 속 잉카스를 없애버리고, 납치당한 어
린 백인아이가 모흐크족 틈에서 자라 마침내 모히칸의 왕통을 잇는 표
식인 거북이 문신을 받는 것으로 각본을 바꿔 놓았다…….

　내가 세상의 진실들에 관해 회의를 품기 시작한 게 그 즈음이 아니었
나 싶다. 극장을 쏟아져 나오는 관객들은 감동적인 영화였다고 이구동
성이었다. 주인공 너무 멋지지 않니? 다니엘 데이 루이스래. 다니엘이
뭐니, 대니얼이라구 해야지. 영화 잘 만들었드라. 역시 한국 영화랑 달
라. 스케일 봐, 일단 돈이 아깝지 않잖아? 나는 인파에 휩쓸려 영화관을
나오면서 기도하듯 하늘을 올려다봤다. 하늘은 화창하고 푸르렀다. 나
는 함께 온 그녀만은 아무 말도 하지 말아 줬으면 했다. 그러나 하늘은
그런 사소한 기원마저도 외면했다. 극장을 나와 횡단보도를 건너면서까
지 그녀는 다니엘인지 대니얼인지의 넓은 어깨와 치렁치렁한 곱슬머리
에 대해 찬탄을 늘어놓았다. 나는 길을 걷다 멈춰 서서 길가에서 자라는
은행나무의 허리를 붙들었다. 영문을 모르겠다는 눈으로 그녀가 바라봤
다. 나는 영화관의 어둠 속에서 스크린을 쳐다보던 관람객들이 마치 새

로운 업그레이드 프로그램을 주입받기 위해 플러그를 꽂아놓은 로봇 같
다는 생각을 했다. 그리고 끔찍했다. 나는 말을 하는 대신 은행나무 가
지를 끊어져라 움켜쥐었다. 그리고 경상도 사람도 아니면서 그녀를 향
해 이렇게 말했다.

"끄지라 가시나야."

혹시 내 수다가 장황해서 못 믿겠으면 씨네하우스에 가서 도산공원
쪽으로 놓인 횡단보도를 건넌 뒤, 왼쪽으로 네 번째 가로수를 살펴봤으
면 한다. 내가 그때 움켜쥐었던 손자국이 선명하게 남아있을 테니까. 진
짜라니까?

내 일행들은 자꾸 시야를 가린다. 맥주를 따르려다 단지가 빈 것을 깨
달은 나는 독일, 전통, 아줌마 복장을 한 웨이트리스를 불러 새로 채워
달라고 주문했다. 누가 벌써 이렇게 다 마셨어? 한참 저희들끼리 이야
기를 나누던 소설쓰고앉었네와 나폼나게시써가 동시에 나를 바라본다.

"형이 다 마셨잖아요."
"오빠 혼자 다 마셨어."

……그런가. 그럴 수도 있는 거지 잡아먹을 듯 눈을 모로 치뜰 필요까

진 없잖아, 젠장 끄윽. 나는 불쾌한 눈으로 소설쓰고앉았었네와 나폼나게 시써 사이로 간신히 보이는 코발트빛 민소매 블라우스 아가씨의 허벅지를 아이들이 막대사탕을 아껴먹듯 힐끗거렸다. 찰랑, 여자의 귀걸이가 맞부딪는 소리는 풍경소리처럼 명징하다. 나는 다시 잊히고 왜곡된 인디언 영웅의 서사 속으로 빠져든다.

제임스 페니모어는 신대륙으로 건너 온 약탈자들이 본디 그 땅의 주인이던 인디언 부족들을 어떤 식으로 멸종시켰는지 소상하게 밝히고 있다.

새로운 대륙에 진주한 영국군과 프랑스군 들은 각기 서로에게 우호적인 인디언 부족을 상대로 문물을 선사하고 종교를 전파하면서, 한편으로 약간의 땅을 조차해 캠프를 짓고 병력을 주둔시킨다. 영국군과 협력관계를 맺은 모흐크족은 교역과 상호방위조약으로 가난에서 놓여나고, 이웃한 부족의 위협으로부터 안전을 보장받게 된다. 아이들이 겨울에 배를 곯지 않아도 된 덕에 인구도 늘었다. 호전적인 이웃 부족은 목소리를 높여 위협을 해댈 뿐 침입이 훨씬 줄었다. 모흐크족은 풍요를 구가하게 된다. 부족의 주술사가 이 풍요에 의문을 제기하기도 했다. 늙은 주술사는 부족의 텐트를 돌아다니며 뭔가 잘못됐다고 떠들었다. 우리는 중요한 뭔가를 잃어버렸다는 거였다. 모히칸들은 코웃음을 쳤다. 이렇게 풍요로운데 우리가 뭘 잃었단 말인가? 뭘 잃었는데?
영국군이 제공한 화승총으로 불시에 침략한 이웃 부족을 물리친 적도 있다. 부족 간의 대립은 골이 깊어갔지만 모히칸들은 걱정할 필요가 없었다. '불의 물(위스키)'을 마시며 풍요를 즐기던 모호크족 남녀가 이야기를 나눈다.

"영국군들이 화승총 값을 또 올렸어요. 이젠 비버 가죽 30장 가지곤 안 된대. 50장을 달라나 봐요."

"거 곤란하게 됐군. 수우족 녀석들을 상대하려면 화승총을 많이 갖고 있어야 하는데."

"이상해요. 우리가 넉넉해진 것 같긴 한데 점점 고달파지고 있어요. 전엔 밤을 새우면서까지 비버를 잡진 않았잖아요."

"별 수 없는 노릇이지."

얼마 뒤, 모히칸들은 영국군 장교의 첩보를 통해 교역을 봉쇄당해 배를 곯던 이웃 부족이 불을 뿜는 화차를 몰래 들여왔다는 사실을 듣게 된다. 모호크족은 발칵 뒤집혔다.

"우리가 먼저 그들을 쳐야 한다! 저번처럼 당하고 있을 수만은 없다!"

정보를 건네준 영국군 장교들은 팔짱을 낀 채, 자신들의 문제가 아니라서 함부로 끼어들 수 없다고 난색을 표한다. 모히칸들은 혈맹을 돕지 않는 건 몹시 서운한 일이라고 성토한다. 영국군은 마지못해 무기와 군수물자와 약간의 병력을 지원해주기로 약속한다.

부족 간의 전쟁이 다시 벌어지고, 양측의 인디언 용사들이 장렬히 전사한다……

전쟁이 끝나자, 고집 세고 적대적이었던 인디언 부족은 참혹하게 몰살당하고 모히칸들은 얼싸안고 승리의 기쁨을 나눈다. 누구를 위한 승리였을라나. 기뻐하던 모히칸들에게 영국군은 차츰 불평등한 교역을 요구하기 시작한다. 캠프를 넓히고 영국에서 온 이주민들이 살 땅을 요구한다. 돈을 주고 사겠다고 한다. 모히칸들은 선조들의 땅에서 밀려나고 젊은이들은 '불의 물'을 마시며 낙엽처럼 시든다. 어쩌다 이건 아니라며 술병을 깨고 일어서는 모히칸들은 동족에게 버림받고 영국군에게 사살당한다. 그제야 모히칸들은 깨닫는다. 주술사의 경고를. 그들이 뭘 빼앗겼는지를. 하지만 때는 늦었다.

이런 식으로 북미 대륙에 흩어져 살던 인디언들은 한 부족 한 부족, 멸종돼갔다. 적대적이면 적대적인 대로. 우호적이면 우호적인 대로. 이제는 아무도 그들에 대해 알지 못한다. 마지막 남은 모호크 용사가 영국군을 돕던 활약상이나 소설 한 권에 씌어 벽난로 가의 덧없는 이야깃거리로 회자될 뿐이다. 그로부터 200년이 흐르면, 그 용사마저 백인으로 탈바꿈하겠지만.

진실이란 어쩌면 승리한 자의 전리품 목록 같은 건지도 모른다.

어째서 말이지, 어째서……. 눈이 좀 가물거린다. 아가씨가 다리를 반대로 꼬며 자리를 고쳐 앉는다. 허, 허벅지가…… 음, 내가 어디까지 말했더라. 아, 어째서 말이지…… 맞아, 어째서 세상이란 말이지. 200년 전이나 지금이나 다를 게 없어 뵈는지 얘기하려고 했다. 그때완 상황이 다르다고? 내가 소설 쓰고 앉았는 사람은 아니다만 그렇다면 어디 한 번 소설 한 편 써볼까?

먼 먼, 멀고도 먼 옛날 – 대개들 이렇게 시작한다 – 원래는 같은 민족이었던 북녘 부족과 남녘 부족이 살았다. 북녘 부족은 배타적이고 호전적이었고, 남녘 부족은 영남부족, 호남부족, 충청부족이 어울려 살다보니 다툼이 그칠 날이 없었다더라. 어? 이러면 지역감정을 언급해야 되는데…… 소설을 팔아먹자면 이건 좀 곤란하지 않냐고? 강원부족이며, 경기부족이며, 제주부족이 뭐라겠냐고? 이 땅에 너희만 사니, 그럴 거 아니냐고?

그러지 마라. 페니모어처럼 팔아먹자고 구상해본 소설도 아닌 데다, 언제부턴가 우리는 지역 하면 바로 감정이란 낱말을 연상하는데 그거, 탐탁지 않다 이거다. 지역색이란 권장할만한 거다 이거다. 지역마다 다르고 독자적인 색채. 얼마나 멋진가? 꺼뻑하면 들이대는 '선진국의 사례'를 보더라도 앵글로색슨의 경우 잉글랜드면 잉글랜드, 스콧란드면 스콧란드, 웰즈면 웰즈, 아일랜드면 아일랜드, 저마다 독특한 색채를 지닌 게 얼마나 개성적이냐 이거다. 걔네는 공도 지역적으로 편먹고 찬다. 내가 지금부터 언급하고자 하는 부족이란 바로 이런 지역적 개성을 지닌 부족들이다. 이런 지역적 개성에 관해 개인적인 인상을 언급하느니 그 방면에 누구보다 전문적인 경험과 소견, 나아가 논문으로 발표할 만치 정립된 주장을 가지고 있는 사람을 하나 소개할까 한다. 강원도 모처에 소재한 대한민국 보병 제00사단 39연대 2대대 본부중대 소속 인사계이자, 유격훈련 시즌이면 곧잘 유격대대 통솔 하사관으로 차출되곤 하는 특무상사 강상사가 바로 그 사람이다. 우선 그에게 자신이 겪어본 전라도 병력의 지역적 개성에 관해 이야기를 들어볼까?

"화따메에, 말도 마쑈. 이것들은 아조 틈만 나문 보급품을 빼돌려쌌는디. 아 모포에 오리털 침낭 정도문 내가 말도 안 헌당께. 찝차 타이아에 유리창까지 띠어가꼬 팔아묵었다문 쪼까 알아듣겄소? 군대에 철조망이 왜 생긴지 아요? 그놈들 땀세 생겼당께라."

뭐 좋은 이야기는 안 나온다. 30년을 하사관으로 근무하면서 피 끓는 젊은 청춘들을 통제하느라 백발이 되고 만 사람 입에서 뭐 그다지 좋은 소리가 나오겠는가. 하지만 기왕 소개했으니 듣다 말 수는 없는 바, 그가 겪어본 충청도 병력 이야기를…… 하고 물어보려는데 강상사가 손을 내젓는다.

"움미, 말두 말어유. 아 워치키나 사람들이 굼뜬지 숨넘어가는 중 알었구먼유. 군대에 구보가 왜 생긴지 알어유? 그눔들이 하두 안 뛰니께 운동 시킬라고 생겼잖컸슈."

구보가 설마, 충청도 사람들 때문에 생겼을라고. 하여간 특무상사 강상사는 그렇게 얘기하고 있다. 그렇다면 강상사의 눈에 비친 경상도 병력은 어떤 개성을 지니고 있을까?

"마아알또 마이소. 일마들은 우째 그래 떠들버쌌는지. 마 주디가 쉴 틈이 없는기라요. 목소리는 또 우째 그래 시끄러븐지. 군대에 점호가 왜 생겼는지 아능교? 일마들 이십 사 시간 중에 점호하는 다만 오 분마이라도 주디 쫌 다물라꼬 생기따카데예."

…… 이쯤해선 괜히 물어봤다는 생각이 든다. 아무래도 우리 강상사님은 보병 제00사단으로 돌려보내 주는 게 소설 진행을 위해 유리할 것 같다. 무인의 기개는 혈기에서 나온다는데 상사님, 부디 건강 잃지 마시고 오늘도 내일도 유격장 진흙바닥을 벅벅 기는 가련한 청춘들을 향해 온갖 팔도 말로 우렁차게 욕설을 퍼부으면서 대한민국 육군의 전투력 향상에 기여해주기 바랍니다, 네. 여하간 멀고도 먼 옛날에, 북녘의 호전적인 부족을 두고 남녘에 영남부족과 충청부족과 호남부족이 나뉘어 아웅다웅하며 살았다. 남녘의 추장자리는 쿠데타니, 군부반란이니, 유

신이니, 체육관이니, 별의별 부정한 수단을 다 동원해가며 영남부족 출신이 도맡다시피 해왔는데 어쩌다 호남부족에서도 추장이 하나 나왔다더라. 이 추장은 북녘 부족을 적으로 여기는 게 아니라 같은 핏줄로 생각했다지. 미국의 경제봉쇄로 굶고 있는 북녘 부족을 위해 돈을 줬단다. 영남부족이 들고일어났다. 왜 우리 돈을 그놈들 무기 만드는 데 쓰라고 주느냐! 기득권을 빼앗겨 불만이던 영남부족에게 북녘 부족이 그 돈으로 무기를 만들었는지 배고픈 애들을 먹여 살렸는지 따위는 중요하지 않았다. 영남부족의 입장이란 이렇다. 북녘 부족 놈들은 쫄쫄 굶겨서 무너지게 만들거나 미국인들에게 부탁해서 원자탄을 날려버려야 한다. 전쟁이 나면 어떡하냐고? 그럼 전쟁을 하자. 접경 마을의 인구 몇 백만쯤 죽겠지. 그리고 우리는 통일하면 된다. 임기를 채우고 퇴임한 호남부족의 추장은 씁쓸한 어조로 그들에게 경고했다. 당신네 부족은 천 년 전에도 외세를 끌어들여 이웃 부족들을 멸망시키고 그 대가로 한수 이북 땅을 내주더니, 또 그 짓을 반복하려 드나?

추장의 말은 공감을 얻지 못했다. 추장이 퇴임하고, 영남부족은 다시 모닥불 가에 수적으로 우위를 차지하고 추장 자리도 되찾았다. 그들은 목소리를 높여 북녘을 그대로 둬서는 위험하다고 부르짖었다. 남녘 부족의 적대감에 더더욱 문을 굳게 닫아 건 북녘 부족은 미국을 향해 새로 개발한 미사일을 태평양 우물에 풍당풍당 던져 넣으면서 자신들을 쳐들어오면 가만 안 있겠다고 어르다가 간간 팔매질하던 팔을 쉬는 참이면 남녘 부족 사람들을 양키의 노예라고 손가락질했다. 전쟁은 여건만 조성되면 그 다음은 시간문제다. 예전 모히칸들의 멸종과 마찬가지로, 미국이 나서서 부족 간 싸움에 끼어드는 일은 없다. 그들은 강 건너 불구경을 하며 소문이나 만들어준다. 북녘 부족의 무기밀매어선을 나포했어, 달러위폐도 저놈들 짓이래, 지구촌 마약은 쟤네들이 다 판다면서? 소문이란 근거가 불분명하고 의혹이 짙을수록 더 많은 사람들의 호기심을 자극하고 더 멀리 퍼져나간다. 까짓 접경지대 미루나무 한 그루로도 충분하다. 전쟁의 발단이 부싯돌이건, 점화플러그건, 라이타돌이건, 오스트리아 황태자건 무슨 상관이겠는가. 다툼이 잦았던 국경선에서의 북녘 부족의 도발을 빌미로 전쟁은 다시 시작된다. 그 다음은 모흐크족의 멸종 경로와 같다…….

200년이 지난 오늘, 미국은 중국의 여러 민족들에게 똑같은 외교전술을 펼친다. 중국 인구는 너무 많아서 멸종시키기엔 좀 벅차다. 경제적 지배로 근골을 빼먹는 편이 나으리라. 근간 중국인들 중에는 우리가 미국의 노예라도 되느냐고 불평을 하는 부족들이 늘고 있다. 운동화 일만 켤레를 팔고 오렌지 한 쪽도 못 바꿔 오는 불평등한 교역관계가 어디 있느냐고 분노에 차서 팔을 휘두른다. 미국인들은 대답할 가치도 없다는 듯 멀리 태산을 바라보며, 예전에 이백 년 전에 한반도에 북녘 부족과 남녘 부족이 사는 두 나라가 있었다고 자기들끼리 이야기를 나눈다. 그들은 전쟁으로 모두 죽고, 하나 남은 코리안이 그들을 도와 중국의 적대적 부족과 싸운 무용담이 전해 내려온다고 한다. 코리안은 길눈이 밝고 용맹해서 아시아에 온 미국인들에게 많은 도움이 됐다고 한다. 한 미국인이 다른 미국인에게 그렇지 않다고 말한다. 그 용사가 코리안으로 알려지고 있는데 실상은 우리가 전쟁 전에 보냈던 캠프 험프리스의 미군이라더만. 한국에 오래 살다보니 코리안들의 풍습에 젖은 거래. 그들은 낄낄대며 그 라스트 코리안이 허리춤에 차고 다니던 무기에 대해 이야기를 나눈다.

"그게 이름이 뭐래?"
"낫이래. 숫돌에 갈면 예리하다더만."

"혼자 뭐라고 중얼거려요? 정신병자처럼."

정신을 차리니 소설쓰고앉었었네가 빈 잔에 맥주를 따르다 말고 묻고 있었다. 옆자리의 나폼나게시써는 사라지고 없다.

"응? 나폼나는 어디 갔냐?"
"집에 갔어요. 밥하러."
"가문 간다고 말이나 하구 가지 그냥 갔대니."
"정신병자처럼 혼자 중얼거리고 앉았으니 그냥 갈 수밖에요. 무슨 생각을 하고 있었던 거예요?"

"아, 토마호크에 대해서……."

나는 몽롱한 눈으로 대답하고 잔에 남은 맥주를 비웠다. 그때 링 귀걸이가 맞부딪는 소리가 찰랑, 다시 들려왔다. 어라, 이 환청은 아직도 들려오네. 잔에서 입을 떼는 순간 민소매 블라우스의 아가씨가 내 앞에서 허리를 짚고 서있는 모습이 눈에 들어왔다. 여자는 다짜고짜 언성을 높였다.

"여보세요, 사람을 왜 그렇게 뚫어져라 꼬나보는 거예요 대체?"

웨이터가 다가와 무슨 일인지 물었다.

"이 아저씨 때문에 불쾌해서 못 있겠어요. 아까부터 사람을 아주 온몸을 핥듯 쳐다보잖아요. 끈적거려서 앉아 있을 수가 없네."

여자는 대꾸할 겨를도 주지 않고 사라졌다. 웨이터가 돌아간 뒤 소설쓰고앉았었네가 측은한 듯 말을 건넸다.

"난 형 뭐 하구 있나 했네. 저 여자 보느라 넋을 잃고 있었구만."
애인을 구하려면 말이다……. 아까 했던 말을 번복해야 할 것 같은데 그게, 빤히 쳐다보는 건 효과가 없는 모양이다. 사람 나름이지. 좀 그윽한 눈길을 가진 남자분들이나 시도해 보시도록.

나는 오늘 하루에 있어 단 하나의 행운인 독일식 맥주만 거푸 비웠다. 날이 저물 무렵, 소설쓰고앉었네와 나는 비틀거리며 맥주집을 나섰다. 계산을 하면서 나는 꼬부라진 혀로 이 집의 밀도 높은 독일맥주에 대해 찬사를 늘어놓았다. 반백의 머리에 나비넥타이를 맨 지배인이 정중하게 응대해줬다.

"손님, 손님이 드신 피처는 그냥 우리나라 생맥주입니다. 병맥주라면 몰라도 그걸 어떻게 여기까지 직수입해서 가져오겠습니까."

소설쓰고앉었네가 팔을 잡아끌었다. 인사동 하늘 저편으로 노을이 물들고 거리에 하나 둘 네온들이 빛을 발했다. 나는 소설쓰고앉었네의 만류를 뿌리치고 맥주집 앞에 묶어뒀던 말고삐를 풀었다. 서너 번의 시도 끝에 가까스로 말에 올라 안장에 꽂아둔 장총을 뽑아 하늘 높이 치켜들었다. 아파치처럼. 코만치처럼. 나는 사람들이 지나는 거리를 향해 냅다 소리를 질렀다.

"아니, 인사동에 웬 인디언들이 이렇게 많아아아악!"

－『기전문화예술』, 2006년 5·6월호

혼잣말을 하는 사내

혼잣말을 하는 사내

자신을 컨셉추얼 아티스트라고 떠벌리기 좋아하는 백남준이 삼십여 년 만에 고국 땅을 밟았을 때 비행기 트랩 위까지 구름떼처럼 몰려든 기자들이 물었다. 조국의 눈부신 발전상을 목도하신 소감이 어떻습니까? 백남준은 기가 차서 웃었다. 그럼 삼십 년이나 지났는데 이만큼도 안 변했겠수?

그대로 기사화하기는 여러모로 곤란했던 탓에 그의 귀국 첫 인터뷰에는 필터링이 가해졌다. 언론은 해외에서 성공을 거두고 귀국한 예술가가 서울의 발전상을 접하고 눈물을 글썽이더라고 보도했다. 1984년. 하마터면 정권을 놓칠 뻔했던 군부가 한강둔치를 시멘트로 처바르고, 쎄울 꼬레아! 입막음 운동회를 준비하고, 자살에 실패한 간첩이 시커멓게 부푼 혀를 빼문 채 포승에 묶인 모습이 방영되고, 인간쓰레기로 낙인 찍힌 자들을 색출해 폭력배들과 섞어 수용소에 처넣던 시절이었다.

당시 백남준이 도시락 폭탄처럼 가슴에 품고 공항 검색대를 통과해 한국 땅에 들여온 것은 그보다 칠 년 전에 이미 발표되었던 자신의 작품, '굿모닝 미스터 오웰'이었다. 그는 그걸 들고 남산에 올라가 서너 발짝 도움닫기를 한 다음 있는 힘을 다해 내던졌다. 하지만 그 도시락인지 사제폭발물인지는 불발이었다. 아니, 터뜨리긴 했는데 아무도 죽지 않았다. 사람들은 눈도 껌뻑하지 않았다. 그건 그냥 남산 송신탑에서 밤하늘을 향해 쏘아올린 불꽃놀이였으니까.

*

오후 네 시에서 다섯 시 사이 흘러간 가요를 틀어주는 FM 라디오 채널에서 지난날 자신이 즐겨 듣던 노래와 마주칠 때가 있게 된다. 아, 이 노래가 언제부터 이런 시간대에 방송되는 음악이 되고 말았을까. 흔히들 한숨 섞인 회한 한 줌으로 흩날리고 말아 그렇지, 이런 순간은 누구에게나 어김없이 찾아온다. 그도 그랬으므로 업체 다녀오는 길, 삼성역 무역센터 빌딩 앞에서 신호를 기다리느라 기어를 꺾고 좌석 목받이에 고개를 기대고는 라디오에서 흘러나오는 대로 흥얼흥얼 노래를 따라 불렀다. 그녀가 처음 울던 날. 사랑했지만. 목련은 피어 흰 빛만 하늘로…….

그러다 불현듯 무역센터 빌딩을 올려다본 것이 그가 직장을 그만두게 된 그럴듯한 동기가 될 수 있으려나 모르겠다. 해마다 치솟는 무역

수출고를 형상화한 오십삼 층짜리 빌딩은 너무 높아 꼭대기가 보이지 않았다. 빌딩 외곽선을 잇고 하늘로 내닫는 가공의 화살표를 뒤쫓기 위해 운전대를 바짝 끌어안았던 그는 십 년 전 김광석이 죽던 아침에도 출근길 만원버스 안에서 젖은 머리칼로 꼬박꼬박 졸고 있는 여자를 밀어 젖히고 하늘을 올려다보려다가 그 빌딩에 시선이 막히고 만 기억을 떠올렸다. 그리고 더 오래 전의 기억도 되살려냈다. 삼천 명의 또래 아이들과 함께 동원돼 마흔두 장의 이 절 크기 색마분지를 교사의 구령에 따라 일사분란하게 들어 올리고 뒤집고 바꿔들던 카드섹션. 소년체전이 벌어지는 공설운동장의 맞은편 스탠드에서도 오천 명의 아이들이 똑같은 응원을 펼치고 있었다. 아이들은 치켜들고 있는 색마분지 때문에 앞을 볼 수 없었다. 악대의 행진도, 선수들의 입장도, 운동장 중앙에서 뛰고 구르는 여자애들의 율동도 볼 수 없었다. 그렇다면 이 커다란 운동회는 누굴 위한 것일까. 구령과 호루라기 소리를 기다리며 그는 그게 궁금했었다.

아니면, 그가 직장을 그만두게 된 건 〈동물의 왕국〉 때문인지도 모른다. 쿠데타 독재자가 죽고 정권이 몇 번씩 바뀌어도 이 나라의 신문과 방송사 들은 줄곧 중학교 학교방송부의 아침방송 같은 보도만 해대고 있다는 사실을 깨달은 어느 날, 그는 신문을 끊었다. 집안의 TV를 들어다 내놓고 재활용품 수거비용을 물었다. 그래도 아주 벗어날 수는 없었다.

2002년 월드컵 때에는 거리로 몰려나온 사람들을 피해 길거리 으슥한 골목길로 숨어 다녔다. 이 사람들이 왜 이런다지, 이 사람들이. 이러다

변이 나고 말 거라니까. 그는 일이 나도 크게 날 것만 같아 견딜 수 없었다. 그의 집에 TV가 없다는 소문은 사내에도 퍼졌다.

"그럼 〈동물의 왕국〉도 안 보세요, 과장님은?"

같은 부서의 누군가가 물었다. 연예나 시사프로는 그렇다 치더라도 교양프로 정도는 봐주어야 하지 않느냐는 투였다. 그는 모니터 속 품의서에 코를 처박고 고개를 저었다. 〈동물의 왕국〉이야말로 음모로 가득 차 있었다. 주택가 블록마다 공동묘지 알림목처럼 혹은 점령군 칼자루처럼 곳곳에 꽂혀 있는 붉은 빛 네온의 십자가들보다 더 위험했다.

흑백 TV 시절, 사자와 코끼리와 돌고래가 나오던 〈동물의 왕국〉은 프로가 끝나가는 막바지, 자막이 오를 무렵이면 마음씨 너그럽게 생긴 백발의 – 금발이었는지도 모른다 – 백인 아저씨가 나왔다. 그는 파도가 철썩철썩 치는 해변 바위 턱에 앉아 해풍에 머리칼을 흩날리며 늘 짤막한 해설을 덧붙였다. 동물은 이렇게 살아 있습니다. 때로 파도가 철썩, 그의 옷을 적시면 그는 깜짝 놀라는 시늉을 했다. 와하하하. 어린 그와 그의 여동생은 볼이 미어져라 우겨넣던 강냉이가 다 들여다보이게 즐거워 손뼉을 쳤다.

그 후로도 꽤 오래도록 그는 그 프로를 아주 좋아했다. 그랬는데 나이가 들고 휴일근무 없던 어느 일요일 오후, 동물 다큐멘터리에 채널을 고정시키고 나른한 눈으로 소파에 누워 TV를 보던 그는 문득 리모컨을 들어 볼륨을 죽였다. 화면과 함께 제공되는 내레이션을 배제하고 자신의 눈으로 그것을 보고 싶었다. 화면 속에서는 초원의 사자가 한쪽 다리가 상해 뒤처진 임팔라를 골라 사냥을 하고, 위험에 처한 야생토끼가 갓 낳은 제 새끼를 잡아먹고, 전쟁을 끝낸 침팬지 수컷 무리가 정복당한 다른 무리 암컷의 새끼를 빼앗아 찢어 먹고 있었다. 그는 무성영화 같은 그 먹먹한 화면을 뚫어져라 바라봤다. 오래 전 들었던 귀에 익은 목소리가 들려온 건 그때였다. 살고 싶다면 무리에서 뒤처지지 마라. 정복당하고 싶지 않다면 말을 들어라. 그는 등골이 오싹해졌다. 낮잠이 싹 달아나고 말았다. 물 건너온 그 프로는, 그가 이제껏 교양이랍시고 즐겨 보아온 그 프로는 우리가 동물들과 함께 어울려 살아가는 존재임을 일깨우기 위함이 아니었다. 우리가 바로 그 동물들임을 각인시켜주는 훈육 프로그램이었다. 그는 식은땀을 흘리며 발작적으로 리모컨을 눌렀지만 볼륨은 이미 0으로 조절돼 있었고 목소리는 사라지지 않았다.

'하지만 우리는 인간인데!'

그는 소파 위에 몸을 움츠리고 앉아 안간힘을 다해 대들어봤다. 대들려고 했다. 그러나 자신이 없었다. 목이 잠겨 밭은기침만 나왔다. 와하하하. 이번엔 그 백인 아저씨의 목소리가 웃었다.

늦도록 결혼을 못해서일까. 해마다 승진에서 누락되고 만년과장으로만 머무는 처지 때문인지도 몰라. 사직서를 쓰는 순간까지도 자신이 왜 직장을 그만두는지, 그는 알지 못했다. 그래도 어쨌거나 퇴직금은 필요했고, 퇴직금을 수령하려면 사직서를 써야했고, 사직서 양식에는 사직사유라는 항목이 떡 버티고 있었으므로 그는 그 빈칸에 뭐라고 채울까 고민을 하다가 아무려면 어떠냐 싶어 '동물의 왕국' 이라고 적어 넣었다.

“거리로 몰려나온 사람들을 피해 다녔다고?”

얘기를 끝내고 나자, 그녀가 한 대목을 짚어 물었다. 그는 진료실 일 인용 소파에 앉아 좀 머뭇거렸다.

“어.”

“사람들이 몰려있는 곳을 무서워 해?”

그는 손에 든 문답지를 만지작거렸다. 문답지에는 정신과 상담에 필요한 문답들이 객관식으로 혹은 간단한 문답식으로 나열되어 있었다. 금지된 약물을 복용한 적이 있다, 없다. 가끔 정신이 오락가락할 때가 있다, 없다. 검은 얼룩을 그려놓고 이것이 무슨 형상으로 보이느냐. 1번 검은 나비. 2번 어둠 속 버드나무. 3번 엎지른 커피 흔적. 4번 짓찧어 뭉그러진 시체의 얼굴 부분.

“그건 이제 그만 들여다봐도 돼.”

그녀가 손을 내밀었다. 팔 언저리에 감겼던 가는 금사슬의 팔찌가 미끄러져 손목에 걸렸다. 세월이 흘렀는데도 그녀의 팔은 등 푸른 물고기처럼 매끈했다. 그는 고분고분 문답지를 내줬다. 그 다음 질문은 퇴직 이후에 관한 거였다. 그는 다시 심상한 어조로 일반적인 실직자들이 겪는 것과 다를 바 없는 그동안의 생활들을 낱낱이 늘어놨다. 자명종 소리가 없어도 아침 여섯시 사십분이면 불에 덴 듯 일어나 화장실 거울 앞에 서던 일. 낮 동안 전전하던 경마장과 비디오방, 게임방. 한 번씩은 만나주었지만 그 이후로는 글쎄, 자리를 잡거든 그때 다시 보자구. 하나 둘 연락을 끊는 친구들. 그들 가운데 그가 처하게 된 신세를 은근히 즐기는 부류들. 늦어지는 기상시간과 늦어지는 귀갓길. 중학 동창인 그녀가 정신과 전문의를 개업하고 있다는 소문을 어느 술자리에선가 들었던 기억이 떠오른 것은 며칠 전 오후였다.

지하철역과 가까워 자주 들르곤 했던 한강 둔치가 있었는데 그날도 그는 관성처럼 거기 들렀다가 깜짝 놀라고 말았다. 평소 그 시간이면 그 말고는 노을빛에 젖어 흘러가는 강물뿐이었던 곳에 인근 아파트에서 바람 쐬러 나온 가족들이 빼곡히 자리를 잡고 있었다. 주말이었던 것이다. 그는 좀 난감했지만 돌이켜 그냥 집으로 돌아가자니 그 발길은 또 얼마나 무거울 것인가 내키지가 않아서 바위섬 바다사자 떼들처럼 누운 소풍객들을 이리저리 피해 강 하구 쪽으로 멀찌감치 떨어져 자리를 잡았다.

시멘트 바닥에 『벼룩시장』 신문지를 겹쳐 깔고 간이매점에서 사든 닭발봉지를 뜯고 소주병 마개를 비틀어 까는데 누군가 옆에 와 엉거주춤 앉았다.

"안녕하세요?" 사내가 말을 건넸다.

그는 사내의 점퍼 견장에 붙은 잎사귀 두 개를 세어보곤 플라스틱 소주잔에 담긴 소주를 쭉 들이켰다. 사내에게서 좀 떨어진 곳에는 무전기를 든 또 한 명의 나이 지긋한 경관이 이쪽의 대화엔 관심이 없다는 듯 건너편 강안을 바라보고 서 있었다.

"나한테 뭐 볼 일 있으신가?"

"아니요, 그게……." 사내는 말을 이었다. "강 너머 저쪽에서 신용금고가 털리는 사건이 발생해서요. 요 근방에 비상이 걸렸죠."

그래서 어쩌란 말이냐는 눈빛으로 그는 사내를 바라봤다. 사내는 더 할 말이 없었던지 무릎을 세웠다. 낮술 마시면 부모도 못 알아보느니 어쩌니 중얼거리며 떠나는 그들 뒤로 멀리서 소풍객들이 그를 지켜보고 있었다. 그는 자신의 몸에서 냄새라도 나는지 팔을 들고 코를 큼큼거려 보았다. 졸업 이후로 한 번도 만난 일이 없는 그녀에게 연락을 취해볼 용기를 내게 된 사연은 그랬다.

"내 몸에서 냄새라도 나는 게 아닌가 하고."

"글쎄……?" 그녀는 고개를 갸우뚱했다. "상처 입은 임팔라는 무리에게 위험의 표식이 되고 말지. 곧 그 주위로 맹수들이 몰려들게 될 테니까. 하지만 넌 언제든 복직이 가능하다고 하지 않았니?"

그는 고개를 끄덕였다. 그는 대기업 계열의 캐이터링 업체에서 영업을 했고 그 바닥에서 잔뼈가 굵었다. 자사로부터 급식 서비스를 제공받는 회사들의 복리후생 담당자들을 접대하고 영양사를 비롯한 파견 직원들을 관리하고 구청에서 위생검열 나온 공무원들을 구워삶는 일 이외에 위에서 영업구역 확장을 위해 교육이다 보고서다 들볶기는 했지만, 심한 정도는 아니었다. 다른 급식업체들과의 영역다툼도 그저 으르렁거리는 시늉을 할 뿐으로 고정된 영역이라 치열할 일은 없었다. 때로 이쪽에서 저쪽으로 옮겨가고 저쪽이 이쪽 영업사원으로 입사하곤 했다. 한쪽의 영업전략은 다른 한쪽의 타파전략에 사용되었다. 현도로 가려는 거야? 그가 사직서를 낼 때도 부서장은 그것부터 물었다.

"그랬군. 어쨌거나 아직도 날 기억하고 있었다는 건 뜻밖인걸."

그녀는 환자를 대하는 태도를 풀고 미소를 지었다. 그녀의 양 볼에 볼우물이 패었다. 여전하군. 그는 속으로 중얼거렸다. 중학교 때 그런 미소를 지을 적이면 그는 그녀를 제대로 바라보지도 못했다. 보조개에서 아뜩하리만치 빛이 쏟아져 나오는 것만 같았다. 그녀의 젖가슴을 향해 자꾸만 미끄럼질을 하는 눈길을 이떻게든 다잡아볼 요량에 그는 버티컬 너머 창밖으로 고개를 돌렸다. 오후의 태양이 빌딩 숲 건너에서 혼곤한 빛을 흩뿌리며 지고 있었다. 그는 자신의 기억창고에 숨겨두었던 그녀에 대한 추억의 편린들을 한 조각씩 더듬어보았다. 그것들이 여태 녹슬지 않고 날을 세우고 있다는 사실에 손가락이라도 베인 듯 가슴 한편이 뜨끔했다.

학교 때 그는 그녀와 같은 노선의 버스를 이용했다. 등굣길, 그녀가 타는 정류장에 버스가 도착하면 그는 출입문에 달라붙는 아이들 틈에서 그녀를 찾아내려고 수족관 금붕어처럼 유리창에 이마를 붙이곤 했다. 어느 날인가 방위성금을 걷느라 학급을 돌아다니던 그녀가 그에게도 말을 걸었다. 진수야, 방위성금 내. 그는 마른 침을 꼴깍 삼키고 대답을 했다.

"안 가져왔는데."

같은 반이었던 일 년 동안 그녀와 나눠본 유일한 대화였다. 세상에 널린 게 의산데 하필이면 한때 못 견디게 좋아했던 여자에게 자신의 머릿속을 열어 보이게 된다는 점이 그는 아무래도 껄끄럽고 불편했다.

"무슨 생각 해?"

그는 얼른 자리를 고쳐 앉았다.

"문제를 찾아내고 싶다면, 생각하고 있는 것을 의사에게 말해주는 게 좋아."

그는 마지못해 고개를 끄덕였다. 실직이라는 낯선 환경에 처하게 된 것 말고는 별다른 게 없어 보인다고 말하면서도 그녀는 석연치 않은 얼굴이었다.

"신문과 TV를 끊었다는 대목 말인데……. 시점이 좀 야릇해. 이젠 쿠데타나 파시즘 같은 통제된 시절에서는 웬만치 벗어난 세상이 됐다고 보는데. 사람들도 다양한 주장들을 펼치는 데 구속받지 않고."

그는 고개를 저었다.

"똑같아."

"똑같다고?"

"어. 그 시절이나 지금이나 변한 건 없어."

"왜 그렇게 생각하지?"

"달라진 건 없어. 신문과 TV에 속고 있을 뿐이지. 다양한 듯 보여도 결국 우주선을 쏘아 올리자는 말일 뿐이야. 그걸 쏘아 올리려면 파이를 계속 키워야 해."

"우주선?"

"어. 수많은 언쟁과 토론들이 사회자의 이런 말로 끝을 맺잖아. 어떻게 우리나라가 좀 잘되는 바람직한 방향으로 매듭지어졌으면 좋겠습니다. 그게 실은 그 말이야. 우리도 빨리 우주선을 쏘아 올리자는 말이지."

"그걸 뭐 하러 쏘아 올려?"

"목성을 차지하려고."

"목성을?"

"어. 이 나라는 파이가 원체 작아서 아무리 긁어모아도 목성 같은 큰 행성을 차지하긴 힘들겠지만, 그래도 목성의 위성들 중에 이오 같은 작은 별 하나쯤은 건질 수 있을지도 몰라."

"그걸 차지해서 뭐하는데?"

"모르겠어? 거기서 또 다른 우주선을 쏘아 올리기 위해 파이를 키우는 거지."

"우리 꼭 초등학생 같은 소리만 하고 있는 것 같지 않아?"

"그만큼 간단한 이야기라서 그래."

그녀는 한동안 말이 없었다. 꼬박꼬박 말대꾸하지 말라고 쥐어박고 싶은 심정일 거라고, 직업상 많이 참는 것 같다고, 그 직업도 별로 좋아 뵈진 않는다고 그는 생각했다. 그녀는 다음번 진료 때 최면요법을 사용해볼 생각인데 어떻겠냐고 제의했다.

"최면?"

그는 겁이 덜컥 났다.

"겁먹을 것 없어. 편안하게 상담하는 방법 중의 하나라고 보면 돼."

"글쎄, 아는 정신과 의사가 너뿐이긴 하지만……."

"여자라서 좀 그렇다고?" 그녀가 알 듯 모를 듯한 미소를 지었다.

"프로이트가 다가 아니에요."

물론 그도 그렇게 믿고 싶었지만, 그게 또 꼭 그렇지만도 않았다. 다음날 망설이던 끝에 그녀의 병원으로 찾아간 그는 시키는 대로 소파에 앉아 지시에 따랐고, 최면발이란 게 있다면 어쩐 일인지 그게 잘 안 먹히는 바람에 몇 차례 따끔한 지적을 받았고, 부지중에 긴장을 풀었다가 까무룩, 분간 못할 백일몽으로 빠져들었다. 그가 아는 것은 거기까지다.

깨어보니 그녀의 얼굴이 그를 내려다보고 있었다. 여기가 어디냐고 묻다가 어딘 줄은 말 안 해줘도 알아차렸지만 그녀의 낯빛은 심상치 않았다. 팔짱을 낀 채 쏘아보는데 방금 물 속에서 고개를 내민 사람마냥 씨근대는 품이 애써 분을 참고 있는 모양이었다. 그녀는 책상 앞으로 돌아가 뭐라고 적더니 던지듯 내주었다. 처방전이었다.

"내게 문제가 있긴 한 모양이군." 그는 소파에 앉은 채로 중얼거렸다.

한참이나 말이 없던 그녀가 가까스로 입을 열었다.

"김진수, 어떻게 그런 걸 다 알고 있지?"

"……?"

"그 얼굴 시커먼 담임 녀석 말이야."

그의 머릿속에 숨겨져 있던 기억 한 장면이 고스란히 되살아났다. 체육선생이던 그들의 담임은 학생부 칸막이 된 자신의 자리로 일없이 그녀를 부르곤 했다. 어느 날인가 학생부 앞 복도를 청소 중이던 그는 안쪽에서 들리는 소음에 이끌려 반쯤 열린 출입문 사이를 기웃거린 일이 있다. 담임이 출석부를 내려놓고 가는 그녀의 팔을 붙들고 실랑이를 벌이고 있었다. 둘 다 목소리를 낮추고 있었기에 마치 무언극의 한 장면

같았다. 이리 좀 가까이 와봐. 뭘 금세 도망가려고 그래? 담임은 그녀를
달래며 교복 반소매 겨드랑이 사이로 손을 집어넣었다. 벗어나려고 엉
덩이를 빼고 허리를 뒤틀던 그녀는 겨우 도망을 나왔다. 흐트러진 옷섶
을 여미느라 그녀는 미처 그를 보지도 못한 채 지나쳐 달려갔다. 하, 고
것 참……. 뒤쫓아 나왔던 담임은 입맛을 쩝 다셨다.

"남자들이란 게……."

"뭐?"

그녀의 안색이 다시 매서워지는 바람에 그는 말문이 막히고 말았다.
어쩌자고 자신의 머릿속 책장엔 맨 그 따위 추억이나 꽂혀있는 걸까를
책망하면서 되도록 얌전히 앉아 기다렸다. 병원에 들른 지 시간 반이 훌
쩍 넘어 있었다.

"넌 이를테면, 정상이야. 하지만 넌 누군가를 만나야 할 것 같아."

그녀가 입을 떼었다. 최면 중에 자신이 무슨 말을 지껄였는지 몰라도
그녀는 그에게 여자가 필요하다는 진단을 내린 듯했다. 역시 문제는 프
로이트인 모양이었다.

"혹시 우물을 내려다 본 적 있어?"

이건 또 무슨 말이지? 그는 좀 의아했다. "우물?"

"맘을 좀 단단히 먹는 게 좋아." 그녀가 가라앉은 목소리로 말했다.
"우리가 심연을 들여다보면, 심연도 우리를 들여다보기 시작하니까."

"그게 무슨 말이야?" 그는 이해가 가지 않았다.

"그런 말이야."

그녀는 생각에 잠긴 얼굴로 서류에 눈길을 내려놓고 더 말이 없었다. 그는 몸을 일으켰다. 진료실 문을 미는데 그녀가 다시 입을 열었다.

"넌 어떤 도시에서 전학을 온 애였지. 별로 말이 없는 애였어. 이제라도 마음에 드는 여자를 만나게 되거든 말을 하도록 해. 맘속에 꽁꽁 묶어두고 말을 하지 않는데 어떻게 그걸 알 수 있겠어?"

접수계의 간호사에게 진료비를 지불하고, 처방약을 복용할 때의 주의사항을 듣고 있다가 그는 문득 바지 안이 거북스러워서 고개를 갸웃거렸다. 아랫도리가 몹시 축축하다는 생각이 듦과 동시에 아이고 맙소사, 하는 소리가 절로 나왔다. 최면에 들었던 동안 그가 연상한 것들은 얼굴 검은 옛 담임에 관한 기억만이 아니었다. 또 다른 한 장면이 바람에 날린 종잇장처럼 날아와 이마를 스치고 지나갔다. 간호사가 말을 멈추고 그를 바라봤다. 그는 머리를 감싸고 병원 문을 뛰쳐나왔다. 비틀거리며 계단을 내려가 빌딩 내 화장실로 향했다. 자신의 머릿속에서 벌어진 또 다른 일이 단속적으로 하나 둘 되살아나고 있었다.

반쯤 발가벗긴 채 소파 위에 엎드린 그녀 뒤에서 그는 용두질을 치고 있었다. 그녀의 무르익은 젖가슴이 땀에 젖어 리듬을 타고 출렁였다. 편집된 컷들처럼 끊어졌다 이어지는 장면들 속에서 그는 말에 올라 전투를 독려하는 장군들처럼 목이 터져라 고함을 질러대고 있었다. 이런 빌어먹을……. 그는 팬티를 벗어 화장실 휴지통에 냅다 집어던지고 몸서리를 쳤다. 세면대에 물을 틀어놓고 기다리는 동안, 그녀의 두툼한 음순을 입 안 가득 물고 몸부림치던 장면까지 생생하게 되살아났다. 참담한

심경으로 거울 속 제 모습을 바라보던 그는 고개를 내젓고 말았다. 시간 반 동안에 그것 말고 또 뭘 지껄여댔는지 모르겠지만 돌이켜 기억을 더듬어보는 일조차 부끄럽기 짝이 없었다.

약국에서 처방약을 조제한 그는 그 자리에서 약봉지를 찢어 입에 털어 넣고 드링크제와 함께 벌컥벌컥 들이켰다. 도망치듯 강변으로 달려가 술을 마시기 시작했다.

잔을 기울이고, 강물 위에 헛웃음을 뿌리고 다시 잔을 들었다. 흐르는 강물 위로 달빛과 별빛들이 엉겨 너울너울 녹아내렸다. 교각 위에 늘어선 가로등 대열의 불빛도, 불빛들을 따라 달리는 자동차의 소음도 물감처럼 풀어져 강물을 타고 흘러내렸다. 세상은 몽환인 듯 희미해지기 시작했다. 허망하기 이를 데 없었다. 자신이 인간임을 보증해줄 무언가가 허울을 벗어던지고 본색을 드러낸 셈이었다. 그가 인간만의 것이라 믿고 싶은 다른 추상들도 결국 그 시원始原은 거기였다. 발버둥질 쳐본댔자 벗어날 수는 없었다…….

그가 혼잣말을 하는 사내를 만나게 된 것은 그날 밤의 일이다.

마지막 잔을 비운 그는 무작정 거리를 걸었다. 겨우 붙드는 듯했다가 놓쳐버리는 정신 속에서 도시의 밤풍경이 스쳐가고 언뜻 여동생의 목소리를 들은 것도 같았다.

"오빠, 되게 큰 공장 같아."

잔뜩 겁먹은 목소리였다. 오래 전 그의 가족이 서울로 올라오던 밤,

친지의 승용차 뒷좌석에서 한강의 밤풍경을 내다보던 그의 어린 여동생이 했던 말이었다. 그는 비틀거리며 거리를 걸었다. 맞아, 이 도시는 노변이나 강변이나 온통 침침한 주황빛 가로등 일색이야. 폭도들이 세상을 어지럽힐 적마다 떨쳐 일어나 그들을 소탕하고 나라를 지킨 두 장군님들이 전기를 덜 먹게 하기 위해 그렇게 정하신 거래. 우리도 앞으론 저 가로등들을 닮아야 해. 덜 먹고 덜 쓰면서 한 가지 색깔로 힘을 모아야 해. 그러면 우주선을…….

몰려드는 피로와 졸음을 무릅쓰고 걷던 그가 정신을 차렸을 즈음 그는 우주선 발사대 앞에 서 있었다. 그는 흐려진 눈을 문질렀다. 무역센터 빌딩 앞 광장이었다. 그는 허리를 젖혀 꼭대기를 올려다봤다. 밤하늘 어둠 속에 항공경계등이 점멸하고 있었다. 거기가 꼭대기인 모양이었다. 빌딩 하단에 긴 현수막이 밤바람에 나부끼고 있었다.

별건 없군. 현기증이 일어 고개를 내리는데 광장의 왼쪽 구석께 벤치에서 인기척이 느껴졌다. 웬 사내가 도사리고 앉아 있었다. 그는 주위를 두리번거렸다. 밤이 깊어 광장에는 인적이 끊겼고 지나는 차량마저 뜸했다. 사위가 어두운데 유독 사내가 앉아 있는 벤치 뒤 목이 굽은 가로등 한 주만이 화단 위로 솟아 사내 주위에 칙칙한 반원을 그려놓고 있었다. 어둠 속 바벨의 탑과 가로등 아래 사내의 모습은 지나치게 비대칭적이었다.

그는 조심스레 다가가 사내를 살펴봤다. 고개를 숙인 사내는 끊임없이 중얼거리고 있었다.

　“……에 대해 좀 아느냐고 내가 물었지. 그런 것쯤 모르겠냐고 놈이 대뜸 받는 거야. 그래서 내가 그랬지, 시장은 애덤 스미스 말대로 ‘보이지 않는 손’에 의해서만 작동되는 게 아니다. 보이지 않는 손이 하나 더 있다. 하나가 아니라 실은 양손이라 말이지. 흐흐. ……텍스트에 있는 내용이냐고 따지는 거야. 내가 말해줬지. 폴 울포비츠 꽁무니를 쫓아가 봐라. 그놈 뒤를 캐보면 내가 말한 두 번째 손이, 올가미를 쥔 피 묻은 손이 어둠 속에서 모습을 드러내 보일 거라고 말야. 오케이목장의 카우보이들은 예전부터 철조망을 두르고 소와 말을 길들이는 솜씨가 보통이 아니거든.”

　왼손 오른손을 번갈아 내두르며 제 이야기에 몰입돼 사내는 그가 다가온 것도 알아차리지 못했다. 사내의 몰골은 무슨 도인입네 하는 사람이 산에서 방금 내려온 꼴이었다. 영양상태가 나빠 쑥 들어간 볼, 입가엔 빳빳하고 볼품없는 턱수염이 뒤덮였고, 낡은 점퍼를 입고 있음에도 앙상한 견갑골이 그대로 드러났다. 그는 눈을 가늘게 모았다. 사내의 인상이 낯익었다. 그는 주의 깊게 사내를 살피기 시작했는데 사내는 그동안에도 쉬지 않고 혼잣말을 지껄였다.

　“……전장이 따로 없는 이라크 독립군을 테러리스트라 왜곡하고, 이 나라 동남쪽 거대한 정신병동의 쿠데타 찌꺼기들에게 보수와 우익이라는 이름을 선사한 거야. 게다가 자유민주주의라니. 민주주의면 민주주의지 자유민주주의라는 말이 어디 있어? 어느 나라에서 그런 말을 쓰느냐고. 영어로 뭐라는데 그걸? 불어로는?”

사내의 목소리가 기침에 자지러졌다.

"언어를 그런 식으로 오염시켜 놓으면 그걸로 끝장이다 이거야!"

끝장이다, 허공을 향해 목을 치는 단호한 손짓을 해보인 사내는 말을 멈추고 배낭 속을 풀어헤쳐 끝이 짜부라진 꽁초 하나를 꺼냈다. "명사는 곧 정신의 의지다, 이 말이지. 한번 잘못 이름 붙여놓으면 돌이킬 수 없게 되고 만다 이거야……. 끝장이다!"

사내는 꽁초에 불을 붙이고 어깨를 들썩이며 혼자 웃었다. 사내의 배낭에는 우산이 한 자루 꽂혀있었다. 손잡이가 J자 모양으로 구부러진 긴 우산은 살이 부러져 속 차양을 축 늘어뜨렸는데 그나마 찢겨 있어 비를 긋기는 힘들어 보였다. 그는 사내의 인상만 기억 속에 선명할 뿐 누구인지 떠올라주지가 않아 조바심을 치다가, 참다못해 불빛 아래로 모습을 드러냈다.

"이봐요."

그의 느닷없는 출현에 담배연기를 맛나게 빨아들이던 사내의 표정이 일순 경직됐다.

"혹시 절 아세요? 어디서 뵌 분 같아 그러는데."

그는 다가가 사내의 얼굴을 들여다보았다. 그래도 기억이 나지 않았다. 사내는 겁을 먹은 얼굴이었다.

"모르오." 사내는 바삐 배낭을 주워들고 일어섰다.

"아니 저, 혹시 돈 필요해요?" 그는 사내를 붙들어볼 요량으로 물었다. 사내는 도리질을 치며 뒤로 물러났다. 이봐요, 돈이 필요하다면 말요, 낮이 익어서 그러는데……. 그는 몇 걸음 더 그를 따라가 봤지만 사내는 걸음을 재촉해 어둠 속으로 사라지고 말았다.

　다음날이 되자, 그는 같은 장소로 나갔다.

　오후가 돼 사내는 다시 무역센터 앞에 모습을 나타냈다. 그는 사내의 뒤를 밟았다. 사내는 별다른 일이 없을 경우 매일 일정한 코스로 지하철 역을 순회하며 하루를 보냈다. 용산역에서 무료급식을 받아먹고, 삼성역 지하 쇼핑몰에서 구걸을 하고, 잠실역 지하상가에 가서 잠을 자는 식이었다. 비가 오지 않는데도 배낭에는 소용도 안 되는 낡은 우산을 줄기차게 꽂고 다니는 품이 마땅히 짐을 부려둘 곳도 없는 모양이었다.

　용산역에서 사내는 교회에서 나온 급식차 앞에 줄을 서서 기다리다 쇠 식판에 밥을 산처럼 쌓아서 먹고는 또 가서 줄을 섰다. 하루 동안에 사내가 제대로 할 수 있는 식사는 그것 한 끼였고 나머지는 구걸로 충당하는 모양이었다. 마땅히 식판을 내려놓을 곳이 없어 노변 포석 위에 식판을 올려놓고 엉거주춤 앉아 밥을 먹는데 사내 곁을 어정거리다 떨어지는 밥알을 노려 맨땅을 찍어대는 비둘기와 흡사했다.

　이틀째 뒤를 밟다가, 삼성역에서 구걸을 하고 있는 사내의 손목을 조심스레 잡아끈 그는 근처 돼지갈비집으로 사내를 데려갔다. 사내는 연거푸 소주를 들이켠 뒤에야 비로소 말문을 텄다.

　"바다가 보고 싶은데……."

　잔뜩 쉰 목소리였다. 그는 얼른 말을 받았다.

"바다라……. 바다는 여기서 꽤 멀죠. 강변이라면 함께 가볼 수 있겠지만."

"멀지 않아." 사내가 말했다. 볼이 미어져라 갈빗살을 우물거리던 사내는 더 말을 잇기 곤란한지 상 밑 장판을 툭툭 두드렸다. "이 아래 있어."

무역센터 빌딩 아래에 이천 톤 용적의 바다를 두부모처럼 떼어 가져다놓은 수족관이 있다는 거였다. 탄소 강화유리 저편으로 유영하는 상어와 바다거북과 가오리 들을 바다 밑바닥에 앉은 듯 지켜볼 수 있다는 말이었다.

음식점을 나온 그와 사내는 무역센터로 향했다. 앞서 걷던 사내가 문득 발길을 멈추고 빌딩을 올려다봤다. 빌딩 전면에는 사내를 처음 만난 밤에 보았던 현수막이 길게 드리워있었다. 다음 임기를 이을 대통령 입후보자 하나가 여의도 광장에서 연설회를 한다는 내용이었다.

"내일이야. 오늘 자넬 만나길 정말 잘했어." 사내가 말했다.

"실험실의 수컷 원숭이들은 발정 난 암컷의 부푼 궁둥이나 대장 원숭이의 사진을 보기 위해서라면 손에 쥔 먹이까지도 기꺼이 포기하곤 하지."

그는 무슨 말이냐고 물었다.

"여학교 앞에서 벌겋게 솟은 제 성기를 까놓고 몸을 비트는 이 나라의 음부노출증 환자들 중에 가장 많은 여학생이 지켜봐준 행운아가 누군지 알아?"

"……."

"쿠데타 영웅 두 놈이지 누구야." 사내는 말했다. "아예 국회의사당 앞에서 바지를 내리고 전국의 여인들이 제 늠름한 페니스에 감격해하게 만들었으니 말이야. 탱크 포신보다 더 큰 페니스를 가진 놈이 어디 있겠어? 뭇 성도착자들의 꿈을 실현한 분들이랄까."

사내는 술기운이 올라 낄낄댔다.

인파를 헤치며 지하광장의 분수대를 지나고, 부티크몰을 지나고, 음식점 코너를 지나고, '반디와달'이란 이름의 대형서점을 지나, 채팅으로 만남을 약속한 게이가 궁둥이에 딱 붙는 면체육복 바지를 입은 채 전화기를 붙들고 어머, 이이는 약속을 해놓고 남자가 늦으면 어쩌란 말이니, 토라져서 파트너를 기다리는 영화관 앞을 지나쳐 무역센터 빌딩 아래, 거미줄처럼 뻗은 지하 쇼핑몰에 바다가 거기 있었다.

그가 망각의 바윗돌로 꾹꾹 짓눌러놓은 작은 도시에 대한 기억을 되살려낸 것은 그곳에서다.

입방체의 투명 수조에는 바다 밑바닥처럼 모래가 깔리고 바위와 해초도 있었다. 어둠 속 관람로 한쪽에 비켜 앉은 그는 개봉관 스크린 크기의 유리벽을 올려다봤다. 그의 머리 위로 사람 몸집만한 수십 마리의 상어가 바다거북이나 다른 물고기들과 함께 수중을 유영하고 있었다. 그는 반대편 수조 벽면 가까이 암벽처럼 장식된 바위들 사이로 모랫바닥에 기우뚱하게 가라앉아있는 TV 한 대를 바라봤다. 화면의 청동 분향로焚香爐에서 향이 피어오르고 있었다. 망각의 바위를 밀어제치고 솟아오른 심연이 그를 들여다봤다.

"내가 던져 넣었어."

늙은 황갈색 상어를 따라 수족관 사면을 돌던 사내가 다가와 쉰 목소리로 웃었다. 그는 TV 화면에 시선을 고정한 채 돌아보지 않았다. 사내가 그의 귀에 속삭였다.

"나도 백남준처럼 제목을 붙였지. 저 작품의 제목은 'TV 아쿠아리움' 이야."

그는 사내의 멱살을 쥐었다. 그가 살았던 작은 도시의 동네건달이자, 학교선배이자, 그의 반면교사, 얼치기 시민군, 엉터리 사상가인 길우 형의 모가지를 틀어쥐었다. 길우 형은 그의 팔을 붙들고 쉰 기침을 했다.

그 작은 도시에서의 두 주일 동안, 그는 TV에서 정지된 분향로 화면만 볼 수 있었다. 도시의 시민들이 방송국을 불태워버렸기 때문이다. 투입된 군인들이 남녀 대학생들을 발가벗겨 짝을 지어 묶어놓고 곤봉으로 사람들의 머리통을 부수는데도 TV에서는 돌에 맞아 절룩거리고 피를 흘리는 군인의 영상만을 반복해서 내보냈다. 사람들은 그런 방송국에 불을 질러버렸다.

그들은 버스 유리창을 깨고 창마다 몽둥이 쥔 팔을 내밀어 차체를 두드리며 도시를 질주했다. 그는 그 광경이 뭘 형상화한 것인지 나중에야 깨닫게 됐는데, 다름 아닌 거북선의 퍼포먼스였다. 약무호남若無湖南이면 시무국가是無國家. 이순신과 그들의 선조가 왜군을 막아냈듯 반란정권도 물리칠 수 있으리라고 생각한 모양이었다.

도시의 오래된 집들은 무슨 전통인지 앞마당에 작은 연못을 하나씩 가지고 있었다. 그의 집에도 연못이 있었다. 두 팔로 감싸 안을 만치 작고 조악한 데다 물이 새서 그는 불만이었다. 다른 도시에서 일하는 그의 아버지가 연못 밑바닥에 새로 시멘트를 발라주마고 약속한 적이 있다. 하지만 피로에 지친 아버지는 집에 오면 잠들기 일쑤였다. 그는 감히 조르지 못했다.

TV를 켜면 화면에 예의 분향로 화면만 멀거니 떠 있던 두 주 동안, 그는 TV 대신 연못의 물고기들을 내려다보며 시간을 보냈다. 집 근처 구멍가게로 동네사람들이 모여들었다.

"아따, 자고 인나문 가꾸목이 한두 개가 없어져야제. 지그들도 계엄군 곤봉 상대할라문 뭐 줘팰 것이 있어얀께 그 지랄들이드라고. 내 아조 한 트럭분을 손에 맞게 썰어다가 도청 앞에다 싹 풀어놔부렀어."

밤이면 목재소에서 각목을 훔쳐가는 시민들 때문에 골치를 썩이던 동네 목재상 사장 아저씨는 이쑤시개를 들고 껄껄 웃었다.

모여든 아주머니들은 가게 앞에 차일을 치고 모여앉아 주먹밥을 만들었다. 시위하는 녀석들 배가 고플 거라고, 철공소 김 사장이 트럭으로 도청까지 실어다 줄 거라고, 아주머니들은 웃고 떠드는 결에도 부지런히 손을 놀려 들기름 바른 조막만한 주먹밥에 단무지 두 개씩을 눌러 박고, 비닐에 싸고, 고무줄을 돌려 묶었다.

"아이 아가. 물건을 못 띠어온께 장사를 못해야. 아나, 이놈이나 묵어라."

구멍가게 아주머니는 군것질하러 온 그에게 주먹밥을 덥석 쥐어줬다. 그는 집에 돌아와 여동생과 주먹밥을 나눠먹으며 물이 새는 연못의 물고기들을 들여다봤다.

한번은 헬기가 날아왔다. 그렇게 가까이 내려온 헬기를 본 적이 없어 그는 집 대문을 박차고 부리나케 헬기를 쫓아갔다. 헬기는 가게 앞 공터에 떠있었다. 어찌나 낮게 내려왔는지 열어젖힌 옆구리 문짝으로 군인들과, 가게를 향해 겨눈 기관총이 똑똑히 보였다. 회전익이 일으키는 바람으로 공터에 회오리가 일고 잔돌이 얼굴로 튀어 올랐다. 기왓장이 날아갔다. 모여앉아 주먹밥을 만들던 아낙네들의 얼굴에서 웃음이 사라졌다. 겁에 질려 서로를 마주봤다. 하지만 약속이나 한 듯 자리를 지키고 앉아 움직이지 않았다. 그들의 도시, 그들의 동네였다. 기관총을 겨눈 군인은 가게를 내려다보고 있었다.

동네 할머니가 자리에서 일어났다.

"아야, 이리 내려오그라. 늬들도 남 귀한 자석들인디 쌈을 해도 묵고 해야제."

주먹밥을 치켜든 할머니는 기관총 총구 밑에서 손을 저어 불렀다. 할머니의 모시치마가 회오리바람에 말렸다가 찢어질듯 펄럭였다.

그의 어머니가 겁에 질리기 시작한 것은 계엄군의 발포가 있고부터다. 시민들은 무장을 하기 시작했다. 밤마다 담벼락 건너에서 기관총 총성이 들렸다. 어머니는 벌벌 떨었다. 어디 대고 갈기는지 통 알 수가 없었다. 그의 집은 안방에서 장지문을 열고 마루로 나서면 마당 건너가 곧장 큰길에 면한 담벼락이었다. 어머니는 솜이불을 모두 꺼내 안방 문 앞에 쌓아올리고 다른 방에서 홀로 자던 그를 안방으로 불러 여동생과 함께 자게 했다. 죽어도 가족이 같이 죽자. 그는 잠든 여동생의 손을 쥐고 탱크 장갑도 뚫는 기관총 탄환을 어떻게 이깟 이불로 막을 수 있다고 생각하신담? 좀 우스워지고 말았고, 여름에 입으려고 맞춰놓은 교복을 걱정했다. 산뜻한 파란 상의와 쑥빛 하복바지를 생각하다 잠들었다.

어느 밤, 시민군들이 이웃집 대문에 칼빈 소총을 갈겼다. 그의 어머니는 하얗게 질려 방구석에 머리를 처박고 울었다. 피난을 가야 해. 가야 된디 저 새끼 때문에 못 가. 무등산을 넘어야 된디 너무 커서 인자는 못 업고 가. 어머니는 자다 깨 울고 있는 다섯 살 여동생을 가리켰다. 이웃집은 가옥 구조가 꺾여 있어 탄환은 대문을 뚫고 맞은편 벽에 박혔다. 날이 새자, 그는 대문에 난 총알구멍을 세었다. 스물여섯 발이었다. 그집 여대생을 내놓으라고 그랬다는 거였다. 그의 어머니는 두 개의 보따리에 짐을 꾸려 방문 앞에 세워놓았다.

밤이 되자 그의 어머니는 장롱 위에 뭔가를 박는다며 의자를 가져다 놓고 쇠망치를 들고 올라섰다. 대못을 박는 데 쓰이는 쇠망치는 여동생 머리통만 했다. 어머니는 잠 든 여동생의 머리 위에서 천장에 닿을 듯 쇠망치를 치켜들었다가 손을 놓쳤다.

망치에 얻어맞은 여동생은 죽지 않고 대신 깨지듯 울음을 쏟아냈다.

어머니는 여동생의 입을 틀어막고 침을 질질 흘리며 울었다.

그 뒤로, 그의 어머니는 평생을 웃지 않았다. 얼굴의 웃는 근육이 사라지기라도 한 모양이었다. 병원 데려가다 혹여 택시 안에서 기사가 언성을 높이면 그의 어머니는 신발을 벗어 좌석 발치에 가지런히 내려놓고 벌벌 떨었다.

죽지 않은 여동생은 잘만 자랐고 초조初潮가 있던 날, 무슨 일인가로 어머니와 대판 싸움을 벌였다. 말다툼 끝에 여동생은 눈물을 쏟으며 악을 썼다.

"엄만 날 죽이려고 했어. 엄만 날 죽이려고 했다구. 오빠도 봤어. 오빠도 다 보고 있었어!"

그의 어머니의 입술에 핏기가 가셨다.

"내가 언제. 내가 언제……."

어머니는 간신히 말을 했다.

마당 앞 연못의 물이 다 새어나가 물고기들이 몸을 뒤채며 뻐끔거려도 그는 물을 붓지 않았다. 진흙 속으로 파고든 물고기들이 배를 보인 채 죽어있던 아침, 그는 소총을 둘러메고 지나치는 길우 형을 발견했다. 어딜 가느냐고 달려가 묻는 그에게 길우 형은 비장한 어조로 도청을 사수하러 간다고 말했다.

"그걸 왜? 사수해서 뭐하는데?"

서둘러 떠나는 길우 형의 등에 대고 물었지만 그는 대답을 들을 수 없었다. 그 후로 길우 형을 볼 수 없었다. 다음날 새벽, 계엄군의 작전이

있고 도청은 진압됐다. 살아남은 시민들은 거리로 나와 서로의 얼굴을
마주봤다. 아무도 입을 열지 않았고 그들의 얼굴에는 하나같이 표정이
없었다.

　못 보던 살수차와 방역차가 거리를 쓸고 지나간 뒤, 그는 아버지를 만
날 수 있었다. 자식을 앉혀놓은 방안 어둠 속, 줄담배와 긴 침묵 끝에 아
버지는 어렵게 입을 열었다.

　"미안하다. 들어올 방도가 없었다……. 쥐도 새도 못 드나들게 도시
를 에워쌌더구나."

　그들이 전 국민 앞에 본보기를 보이는 동안, 그의 아버지는 가족을 지
키기는커녕 도시에 들어올 수조차 없었던 모양이었다.

　"난 도망쳤어."

　길우 형이 말을 했다. 그는 수족관 속 TV를 들여다보며 아무 말도 하
지 않았다. 가오리 한 마리가 배를 보이고 지나갔다. 진압작전이 있기
전날 밤에 길우 형은 도망쳤다고 했다. 그는 길우 형의 넋두리를 귓등으
로 흘려들었다. 자신의 어머니가 그 뒤로 한 번쯤은 웃은 적이 있을 거
라고 생각했다. 반드시 있어야 한다고 생각했다. 그는 TV 화면을 노려
보며 필사적으로 기억을 더듬었다. 길우 형은 일어나 늙은 황갈색 상어
의 뒤를 따라갔다. 유리벽 너머로 상어가 꼬리를 흔들며 사라지고 길우
형의 혼잣말만 노래가 돼 들렸다.

　"참외, 토마토 한 다라에 오천 원. 수박 두 통은 칠천 원. 베트남 처녀

한 사라에……."

밑바닥까지 가라앉아 꼬리지느러미를 젓는 일조차 힘겨워 보이던 늙은 상어가 아가미를 헐떡거리며 수조를 한 바퀴 돌아왔다. 상어는 혼자였다. 그는 몸을 일으켰다. 나오다가 안내원에게 물 속에 TV가 한 대 있다고 말해줬다.

"TV요?"

여자는 눈을 동그랗게 떴다. 그는 손가락으로 수조 안 바위틈에 기우뚱하게 박혀 있는 TV를 가리켰다. 저거 말예요. 전원까지 들어와 있잖아요.

안내원은 그가 가리키는 바위틈과 그의 모습을 번갈아 바라보다가 굳은 얼굴을 했다.

"손님, 폐관시간이 십 분 남았네요."

*

여의도 광장은 군중들로 북새통을 이뤘다. 다음번 대통령으로 가장 유망하다고 보도되고 있는 후보의 연설을 위해 연단에 정계인사들이 자리를 잡았다. 그가 선 곳에선 그들의 얼굴이 보이지 않았다. 그는 사람들을 헤치고 앞으로 나아갔다. 사람들의 얼굴은 붉게 달아올랐고 어떤 곳에서는 신문지를 펼치고 술판이 벌어졌다. 후보의 이름을 연호하는 사람들 사이로 장사꾼이 돌아다녔다. 그는 흥분한 군중들 자체가 지긋

지긋했지만 길우 형이 나타나리라는 예감을 떨칠 수 없었다.

광장을 메운 사람들 틈에서 길우 형을 찾아내기란 불가능해보였다. 멍청한 작자들. 그는 사람들을 밀치며 신경질적으로 뇌까렸다. 그들은 이렇게 모여 흥청이다 총에 맞아 죽을 수도 있다는 걸 모르고 있었다. 빌미를 만들기 위해 벼르고 있는 상대 앞에서 상황은 언제나 돌변할 수 있다. 그런 것은 겪어본 자들만 안다.

앞으로 나아갈수록 사람들이 밀집돼 있어 땀만 흐를 뿐 발 디딜 틈도 보이지 않았다. 그는 길우 형 같은 사람을 싫어했다. 아프리카의 아이들을 돕자는 팝이 한창 유행했을 때 그는 노래를 외우다시피 했다. 위 아 더 월드. 그들이 크리스마스를 알까요? 그는 보이스 오브 아프리카와 밴드 에이드의 곡을 눈물을 글썽이며 따라 불렀다. 길우 형에게 미국인들이 아프리카의 아이들을 사랑하는 모습이 참 보기 좋다고 말했다. 그들이 많은 아이들을 구할 수 있었으면 좋겠다고 말했다. 길우 형의 대답은 싸늘했다.

"병신아, 언제는 안 굶어죽은 줄 알아?"

그가 작은 도시에 살던 시절에도, 그 이전에도, 그리고 지금도, 아프리카의 아이들은 변함없이 굶어죽었다. 그렇지만 그런 식으로 다그치면 거부감부터 일게 마련인데 누가 당신 같은 사람을 좋아하겠냐고. 그는 앞에 선 두 사람의 어깨 사이를 비집고 파고들며 중얼거렸다.

스피커가 저렁저렁 울렸다. 후보가 등장을 했다. 모여선 사람들이 박수를 치며 환호했다. 술판을 벌이던 사람들까지 후보의 얼굴을 보기 위해 일어섰다. 그때였다. 연단 왼편에 가설된 철탑 위로 누가 기어오르고 있었다. 대통령 후보는 연설을 시작했다.

"친애하는 자유대한의 애국국민 여러분……."

그러나 후보는 곧 말이 막히고 말았다. 모여선 군중이 술렁이기 시작했기 때문이다. 후보는 사람들의 시선이 몰린 쪽을 향해 고개를 돌렸다. 누군가가 철탑을 기어오르고 있었다. 그는 철탑을 기어오르는 사내가 누군지 알 수 있었다. 배낭에 꽂힌 우산만 보고도 짐작이 갔다.

그는 몸부림을 치며 모여선 사람들을 헤치고 나아가려 했다. 그의 앞엔 사람들의 머리와 어깨의 숲이었다. 행사에 동원된 요원들이 사내를 끄집어 내리기 위해 따라 올라갔다. 그러나 사내는 너무 높이 올라가 있었다. 요원들은 더 오르지 못하고 사내를 올려다봤다. 사내는 철탑 꼭대기까지 기어오르자 배낭에 꽂아둔 우산을 뽑아 펴들었다. 그리고 한쪽 손 한쪽 발로 매달려 고함을 질렀다.

"야 이 개애애 새끼들아아아."

그는 길우 형을 올려다봤다. 시야가 흐려 길우 형의 모습이 잘 뵈지 않았다. 앞을 막아선 사람들을 밀어젖혔다. 이 얼치기 건달아. 그는 이제 그만두라고 말하고 싶었다. 민주화 항쟁은 무슨 빌어먹을 민주화 항쟁이냐 했다. 선생은 무슨 얼어 죽을 선생이냐 했다. 이 나라 동남쪽 어느 미친 장군 놈 하나가 또다시 국민 앞에 제 우람한 페니스를 까놓고 조국을 향한 불타는 애국심으로 바지가 찢어질 것 같아 견딜 수 없었다고 한들, 그냥 내버려두라 했다. 외적 막아낸 선조 기려 매년 한 철 잔치

하듯 축제나 벌이자 했다. 웃고 떠들며 주먹밥을 만들고 총을 겨눈 그들도 불러 같이 먹자 했다. 동네 할머니 흩날리던 세모시 치맛자락처럼, 우리 꼭 그렇게만 한세상 살다 가자고 말하고 싶었다. 그의 말은 목울음에 막혀 말이 되지 못했다. 사내가 철탑을 붙들고 있던 손을 놓았다. 모여선 군중들의 비명이 광장을 울리는 가운데 그는 눈을 감았다.

정적이 흐르는 동안, 그는 수족관의 늙은 상어가 지금쯤은 숨을 거뒀을 거라고 생각했다. 저것 봐, 저것 좀 보라니까 이 사람아. 옆에 선 누군가가 그의 어깨를 잡아 흔들었다. 그는 눈을 떴다.

찢어진 우산을 펼친 채 철탑 꼭대기 허공에 둥실 사람이 떠있었다. 우산을 쥔 길우 형은 그를 향해 다른 손을 마구 흔들었다. 바람이 불었다. 찢어진 우산이 펄럭였다. 우산은 바람을 타고 조금씩 날아올랐다. 그는 더 울지 않으려고 이를 악물었다. 가까스로 입을 연 그는 제 귀에나 들리게 속삭였다.

"굿바이 미스터 오웰."

다섯.

넷.

셋.

둘.

하나아…….

매끈하고 보습이 잘 된 손가락을 퉁기는 소리가 들려왔다. 그는 눈을 떴다. 눈물을 씻어내기 위해 손바닥으로 얼굴을 쓸었다. 진료실 창틀로 바람에 날린 단풍잎 한 장이 떨어졌다. 그녀가 그의 가슴에 손을 올려놓고 가만히 웃었다.

– 『실천문학』, 2006년, 가을호

구름의 파수병 셋

구름의 파수병 셋

김은 OP 망루에서 DMZ를 굽어보고 있었다. 비무장지대 평원에 물이 오르는 중이다. 4킬로미터 북방의 북한군 측 철책은 보잘것없다. 목장 울타리만도 못하게 낮고 성긴 철조망 한 줄이 동서를 가로지르고 있다. 시멘트 말뚝이 기울고 철조망에 녹이 슬어도 보수를 하는 기미가 없다. 평소엔 육안에 잘 뵈지도 않는데 펜스를 따라 심어진 개나리가 한창이라 모처럼 경계선이 뚜렷하다.

울타리 너머 벌판에 노출된 북한군 초소가 구두점만 했다. 김은 초소에서 2시 방향 위쪽 구릉에 자리한 그들의 선전 입간판으로 다시 눈길을 모았다.

분홍 한복 저고리에 쪽빛 치마를 입은 여인의 옆모습이다. 북방식이어선지 저고리 자락이 허리까지 내려 덮였다. 회칠한 흰 벽에 입힌 조악한 인물화치고는 땋아 드리운 머리칼의 자줏빛 댕기까지 제법 구체적이다. 황금 분할의 오른쪽 수직선에 비껴 선 그녀의 시선 방향으로 왼쪽 여백에 선동 문구가 선명하다.

오라 북으로, 가자 남으로.

고속도로 광고판의 4배 크기는 족히 될 거라고 김은 짐작했다.

산새 소리가 팽창한 대기에 두어 겹의 주름을 잡았다가 도로 말짱하게 펴놓았다. OP 내벽과 화기들엔 냉기가 묻어났지만 초소 밖으로 나서면 샤워 꼭지 아래 선 것처럼 따끈한 햇볕이 쏟아졌다. 김은 기지개를 켜고 뒷목을 주물렀다. 벼랑 아래쪽에서 희미한 차량 소음이 들려왔다. GP로 들어가는 부식 트럭이려니 했던 김은 언덕길을 올라오는 지프 한 대를 발견하고 망루 난간으로 나섰다. 지프는 통문으로 내려가지 않고 언덕길 정상에서 멈췄다. 장교 하나가 차에서 내리더니 곧장 김의 OP를 향해 벼랑을 올라왔다.

장교가 벼랑 위에 모습을 드러내고서야 김은 그가 누군지 확인할 수 있었다.

김은 그가 망루 사다리를 다 오를 때까지 기다렸다.

"여긴 아주 높구나. 오성산 양 어깨가 통째로 다 뵈네."

한 중위는 땀을 씻기 위해 전투모를 벗어 들었다.

해사한 낯이 여전했다.

"라면 드시겠습니까?"

김은 경례를 붙이는 대신 물었다.

*

　헌병대 영창에서 김은 한 중위를 만났다.

　징계수들의 감방과 동떨어져 복도 끝에 자리한 그의 독방은 어둡고 축축했다. 입창 사흘째 밤, 김은 그 방에 불려 갔다.

　"편히 앉아."

　철창을 잠근 헌병의 군화 소리가 멀어지자 어둠 속에서 김이 앉은 쪽을 향해 담배 한 갑이 던져졌다. 김은 망설이다 한 개비를 뽑아 물었다. 이어 라이터가 건네져 왔다.

　"너, 원래부터 그렇게 개김성이 좋으냐?"

　햇볕에 한 번도 그을린 적이 없어 뵈는 낯과 목깃에 붙은 중위 계급장이 복도의 형광등 불빛에 잠깐 드러났다가 묻혔다.

　"그렇지 않습니다."

　김은 대답부터 했다.

　"죄명이 뭐야?"

　"파견지 음주 행위입니다."

　"술 먹다 걸려 들어왔다……. 그 정도 위반으로 보름씩이나 먹은 건 중징곈데."

　중위는 고개를 갸우뚱했다.

　"난 이 독방에서 지낸 지 3개월이 돼간다. 바깥세상 이야기나 들려 다오."

김은 무슨 이야기를 하라는 건지 몰라 망설였다.

독방에 오래 갇혀 있던 사람치고 중위는 말투가 온전했다.

"날 이상하게 여길 필요는 없어. 여기 갇혀 있으면서 알게 된 건데 인간은 어딜 가건 갇혀 있다. 여기건, 군대건, 이 나라건, 아니면 이 별이건. 이 별을 벗어난대도 우리는 앞으로만 질주하는 시간이라는 한 개의 차원 안에 속절없이 갇혀 있지. 알고 보면 어디든 다를 게 없어."

중위는 허공을 향해 뇌까렸다.

"다만 적적함을 메울 수 있는 거라면 아무 얘기나 해달라는 거야."

김은 적당한 이야기를 찾지 못했다.

그의 무릎 앞으로 다시 뭔가가 툭 던져졌다.

입창될 때 헌병들에게 빼앗긴 김의 군인수첩이었다.

어떤 경로를 통해 그의 손에까지 들어가게 됐는지 김이 의아해하는 사이, 중위는 수첩을 집어 들고 첫 장을 펼쳐 읽었다.

"실존은 본질에 선행한다. 샤르뜨르지?"

"예, 탈존은……."

김은 우물거렸다.

"뭐?"

"탈존脫存은 목적에 선행한다, 로 읽는 게 더 가깝습니다."

어둠 속에서 뭔가 번득였다. 중위의 눈빛이었다.

"넌 요주의 인물이야."

중위는 한동안 말이 없었다.

물고 있는 담뱃불만 빨갛게 일었다 잦아들었다.

"칼이란 지니고 다니면 반드시 쓸 일이 생기는 법이다."

중위는 말했다.

"내가 널 부른 건 다만 바깥 이야기가 궁금해서만은 아니야. 난 여기 홀로 갇혀 있지만 귀는 멀리 돌아다닌다. 헌병들 사이에선 네가 입창 신고식 때 개긴 일이 화제야. 네 목울대를 죄던 헌병은 제대를 코앞에 둔 고참병이다. 그 녀석은 모욕을 당했다고 생각하고 있고, 널 벼르고 있어."

"개긴 게 아니었습니다."

중위는 웃었다.

"그럴지도 모르지. 하지만 입창 첫날 두 개의 철문을 통과하면서 얻어터지고 군번줄, 허리띠, 발목 링, 군화 끈까지 빼앗기고 상하의에 붙은 단추란 단추는 모조리 뜯기면서 입감절차를 치르다보면 웬만한 징계수들은 얼이 빠진다. 몇 대 맞으면 대개들 알아서 쓰러져주지. 목울대 안쪽으로 양 손가락이 맞닿는데도 제 목을 죄는 헌병의 눈을 노려보고 있는 놈은 없어."

중위는 김의 수첩을 흔들었다.

"여기서 개겨봐야 너만 다친다는 걸 알아둬. 이 수첩은 내가 좀 보려고 달랬다. 노역 마치면 이 방에 와서 이야기나 들려다오. 헌병들에겐 내가 말해놓으마."

중위가 일어나 철창을 두드리자, 헌병이 왔다.

“오늘은 이만 가봐.”

김은 징계수들 감방으로 돌아와 뻥끼통 옆에 모포를 깔고 누웠다. 일곱 명의 징계수들이 좁은 감방에서 몸을 포개고 잠들어 있었다.

창살 밖 복도의 형광등은 밤새 점등돼 있었다.

다음 날 저녁 식사가 끝나고, 김은 다시 중위의 독방으로 호출됐다.

“싫다면 여기 오지 않아도 된다.”

중위는 전날과 마찬가지로 담배부터 내놨다. 복도 저편 징계수들 감방에선 한창 얼차려가 진행 중이었다. 징계수들의 신음 소리, 복창 소리, 헌병들의 욕지거리와 군홧발이 철창에 부딪는 소음이 간간 들려왔다.

“그런 건 아닙니다.”

“어때, 오늘은 해줄 이야기를 준비했나?”

김은 고개를 끄덕였다.

김이 그 독방에서 처음 꺼낸 이야기는 낮에 노역 나갔다가 겪은 일이었다.

김은 그날 오후, 헌병대 테니스장에서 일했다.

“일요일이라 장교 가족들이 나들이를 나왔더군요.”

중위가 벽에 등을 기댔다.

김은 그들이 코트에서 공을 치고 벤치에서 웃고 떠들며 준비해 온 도시락을 먹는 동안, 낙엽을 쓸어내고 라인을 긋고 롤러를 끌었다. 헌병들이 김과 징계수들을 감시하는 가운데 아이들이 소리를 지르며 코트를 가로질러 뛰어다녔다.

"롤러를 끌며 그 광경을 곁눈질하다 별안간 현기증이 일었습니다."

"현기증?"

"네."

"어디 아팠나?"

"아닙니다."

김은 그때의 느낌에 대해 말했다. 가을 오후의 햇볕과 공기는 쾌적했다. 숲에서 젖은 낙엽향이 실려와 코끝을 적시곤 했다. 오붓하고 단란한 야유회였다.

"그들은 죄수들 앞에서 군림하려고 들지 않았습니다."

김은 말했다.

"그랬다면 현기증이 이는 일 따위는 없었을 겁니다. 또는 무시와 천대를 받았다면 오히려 견딜 만했을 겁니다."

장교 가족들 중 누구도 롤러를 끌고 있는 죄수들에게 관심을 두지 않았다. 그들 외에는 주위에 아무도 없다는 듯이 말하고 행동했다. 불편해하는 기색조차 없었다. 아직 세상에 대해 모르는 것이 더 많을 그들의 자식들까지 그랬다.

김은 걸음을 멈추고 안간힘을 다해 끌던 롤러 손잡이를 내려다봤다. 군화 끈이 없는 군화와 단추를 뜯겨 벌어진 바지춤을 내려다봤다. 그리고 가을 하늘을 올려다봤다. 자신이 홀연 테니스장을 에워싼 풍광이나 사물로 화한 듯했다. 그것도 아주 오래전부터, 행성들이 불덩이였을 때부터 그래왔던 것 같았다.

그러다가 김은 실제로 그렇다는 생각을 했다.

"실제로도?"

중위가 물었다.

"네. 그걸 알게 되면서 벽이 허물어졌습니다."

"벽?"

"네. 영창의 시멘트 벽이건, 그 장교 가족들이건. 아니면 커튼이나 장막이라고 부르건."

김은 감방의 축축하고 완강한 시멘트 벽을 만져 보았다. 벽은 자신의 감정이 거기 부딪고 돌아온 반향에 불과했다. 모든 벽이 그랬다. 벽이라는 것에 부여한 목적을 걷어내고 나면 벽은 김의 존재 여부와 무관하게, 사람들이 그것에 의미를 얹기 이전부터 거기 있었다.

벽이 사라지자 김의 사위에 놓여 있는 어둡고 깊은 낭떠러지가 모습을 드러냈다. 발밑을 내려다본 김은 아뜩해졌다. 벽이 그를 가두고 옭죄는 한편 그를 보호해주고 있었다는 사실을 그제야 알았다. 김은 비명이 터질 것 같았다.

"군인수첩 첫 장이시로군."

다 듣고 난 중위는 말했다.

김과 중위는 취침 시간이 지나도록 이런저런 이야기를 나눴다. 김은 중위가 하늘과 빛에 관한 이야기를 좋아한다는 것을 알았다. 그날 밤, 김은 자정이 돼서야 일어섰다. 헌병이 철창 문을 여는 동안 돌아보니 중위는 방구석에 던져둔 김의 수첩을 집어 펼치고 있었다.

해발 1,500고지 정상엔 두 개의 봉우리가 솟아 있었다. 두 봉우리는 고도가 비슷했다.

우리는 그중 낮은 봉우리로 올라가 공터에 5/4톤 차량과 트레일러를 세웠다. 곧 발전기를 돌리고 두 개의 중계 안테나를 올려 개통을 본 뒤, 차량 가까이 텐트를 쳤다. 맞은편 주봉 꼭대기에 통나무를 깎아 만든 실물 크기의 미사일 여섯 기와 레이더의 모습이 보였다. 미사일 부대는 능선을 내려가 그보다 아래쪽에 은폐돼 있었다. 물을 얻기 위해 미사일 부대에 신세를 져야 했지만 텃세가 세서 식수조차 얻기 힘들었다.

닷새가 지나니 조원들 손등이 까맣게 터서 갈라졌다. 조장은 나무로 만든 레이더가 도는 건 할 일 없는 미사일 부대 녀석들이 땅 밑에서 번갈아 돌리고 있기 때문이라고 말했다.

먹구름이 내려앉은 날, 저녁이 되자 노을이 구름장을 비집고 발밑 공제선을 따라 사위를 두르며 가는 띠 모양의 선을 그었다. 돌풍이 몰아쳐 40피트로 고정시킨 안테나들이 휘청댔다. 열두 줄의 안테나 로프를 조이고 담배 한 대를 다 태우는 사이, 붉고 선명한 띠는 스펙트럼을 따라 단파장 쪽으로 색을 옮겨가다가 찰나에 짙푸른 허공을 내보이고 마침내 어둠 속으로 묻혔다.

영창 건물은 주변 형세가 무덤과 흡사했다. 산자락을 깎아 파묻듯 건물을 들어앉혔다. 정문을 제외한 삼면이 봉분 주위를 두른 사성莎城처럼 언덕으로 둘러싸여 있었다. 햇빛 한 줌도 들지 않았다. 아침이면 징계수들은 뒷마당으로 끌려가 두 칸짜리 간이 화장실에서 볼일을 해결했다. 문짝이 없는 화장실이었다. 쭈그리고 앉았노라면 줄을 서서 차례를 기다리는 다른 징계수들 어깨 너머로 사성 위에서 감시하는 헌병들의 시야에 고스란히 노출됐다. 아침엔 그들의 머릿수가 스무 명이 넘었다. 하나같이 파이버를 눈 밑까지 내려 쓰고 K-1 소총 멜빵을 허리까지 늦춰 멘 채 징계수들을 향해 총구를 겨누고 있었다.

징계수들 무리에서 좀 떨어져 중위의 모습도 보였다. 그는 대체로 한가로워 보였다. 헌병들도 그에게만은 관대한지 중위는 경직된 자세로 줄을 선 징계수들과 달리 한쪽에 앉아 담배를 피워 물거나 혼자 체조를 했다.

김은 다른 징계수들에게 중위의 신상에 대해 캐봤다. 특별 대우를 받고 있다는 것 외에는 별 소득이 없었다.

"남한산성 갈 날짜를 기다리는 미결수일걸. 저 감방장 놈처럼 말야."

상병 하나가 헌병들 눈치를 살피며 귀띔했다.

"죄명이 뭔데요?"

"그건 아무도 몰라."

"감방장 저 친구도 독방을 쓰던데."

김은 거구의 감방장을 눈짓으로 가리켰다.

"저놈도 남한산성감이야. 신병 교육대에서 동기랑 다투다 한 방 날렸
는데 죽어버렸거든."

"야 이 새끼들아, 누가 말 나누래."

어느 결에 감방장이 다가와 눈을 부라렸다.

입창 신고식 때 헌병들에게 구타를 당한 뒤 다음 차례는 감방장이
었다.

"여긴 나이도 없고, 계급도 없다."

이병 계급의 감방장이 김에게 감방 수칙과 철창 타기를 교육했다. 말
한마디 끝낼 때마다 주먹이 뒤따랐다. 사회와 다르고 군대와도 다르다
는 것이 영창의 서열이었다.

건물 바닥을 '미싱하우스(물청소)' 하는 것으로 첫 일과가 시작됐다.
징계수들은 군용 수건을 짜 감방 안은 물론 영창 복도의 시멘트 바닥까
지 샅샅이 닦았다. 영창 복도는 항상 흥건히 젖어 있었다. 건물 아래로
수맥이 지나는 모양이었다. 땅에서 자오른 습기는 복도 가장사리에 웅
덩이들을 만들었다. 시멘트 벽에 스며 칠을 벗기고 얼룩을 남겼다. 감방
방바닥도 마찬가지였다. 죄수들은 기상하면 굳은 허리부터 주물렀다.

청소를 끝내고 나면 순번이 된 징계수 두 명이 영창을 나가 헌병대 식
당에서 밥을 타 왔다. 영창을 드나들 때는 세 개의 철문을 통과해야 됐
다. 감방 철창, 건물의 현관 철문, 마지막으로 건물 앞마당에 육중하게
버티고 선 철 대문의 순서였다. 각 쇠창살을 통과할 때마다 죄수들은 문
을 열어주는 헌병을 향해 제 차례의 번호를 외쳤다. 맨 끝 죄수는 숫자

뒤에 '끝'을 붙였다.

"둘, 번호 끝!"

건물 내 감방은 모두 여덟 칸이었지만 중위와 감방장을 제외한 징계수들은 건물 중앙의 한 방에 몰아 수감됐다. 좁은 감방에서 징계수들은 '칼잠'을 잤다. 식사는 식판 네 개에 열 사람이 먹을 분량을 모두 담아 왔다. 중위와 감방장의 독방에 1인분씩 넣어준 뒤 징계수들은 한데 모여 앉아 나눠 먹었다. 구치소와 달리 대개들 형량이 많아봐야 두 주에서 서너 주일이 고작이라 식탐을 하는 징계수는 드물었다. 다만 잔반의 처리가 문제였다. 들어오는 것은 있어도 나가는 것은 없다는 감방수칙 하에 먹어 없애는 수밖에 다른 도리가 없었다. 생선 뼈가 골칫거리였는데 군용 수저로 잘게 부숴 복도 끝자락에 있는 공동 욕조의 수챗구멍을 통해 내보냈다. 속옷도 욕조에 한데 넣고 세탁해 내남없이 나눠 입었다.

오전은 반성 시간이었다. 징계수들은 감방 안에서 정좌를 하고 각자 죄를 반성했다. 이 시간엔 누군가가 존다는 구실로 반드시 철창 타기 교육이 실시됐다. 여덟 명의 징계수들이 한데 얽혀 저마다 이를 악물고 감방 철창에 매달려 있노라면 헌병들과 복도 건너편 감방에 수감된 감방장이 구경을 했다. 사지에 경련이 일어 바닥으로 떨어지면 철창문이 열리고 헌병이 들어왔다. 떨어진 자는 에누리 없이 군홧발에 짓밟혔다. 오후가 되면 징계수들은 영창 밖으로 나갈 수 있었다. 헌병대 영내의 노역에 동원됐는데 김은 햇볕을 누릴 수 있는 노역 시간이 기다려지곤 했다.

가을 햇볕 아래서는 감시하는 헌병들도 때로 너그러워졌다. 쉬는 시간을 타 제 담배를 풀어 한 개비씩 돌리는 헌병도 있었다. 그런 날이면 징계수들은 흩어져 앉아 말 한마디 오가는 일 없이 필터 끝까지 연기를 빨아 마셨다.

일주일이 흐르자 김은 수감 생활이 견딜 만해졌다. 저녁이 돼 감방으로 돌아오면 김은 중위의 독방으로 호출되곤 했다. 중위가 김의 편의를 봐주고 있는 건 분명해 보였다. 중위 덕분에 김은 저녁 시간에 감방에서 벌어지는 구타와 얼차려에서 제외되고 있었다. 중위의 경고도 곧 확인할 수 있었다. 밥을 타 오는 순번이 된 날, 헌병대 식당에서 체육복 차림으로 뒤늦은 아침 식사를 하고 있던 헌병 하나가 김을 향해 군용 숟가락을 들어 눈을 후벼내는 시늉을 했다. 중위의 경고를 상기하고서야 김은 입창 신고식 날 자신의 목울대를 조이던 놈이라는 걸 알았다.

자대에 있었다면 겨울 제설 작업에 대비해 싸리를 걷느라 산과 들을 누빌 무렵이었다. 공기가 쌀쌀해지면서 물이 차가워져갔다.

그곳은 냉장고 계곡으로 불렸다.

철책을 따라 V자형 계곡을 내려가노라면 계곡 밑바닥에 박힌 GOP 초소가 정사각의 지붕만 성냥갑만 하게 내려다보였다. 반걸음 폭의 가파른 콘크리트 계단에서 자칫 발을 헛디뎠다간 사각의 표적을 향해 곤두박질칠 것 같았다.

계곡 발치에는 계곡물이 개울 밑바닥까지 철근이 꽂힌 세 겹의 철조망을 관통해 비무장지대로 흘렀다. 개울을 건너면 초소였다. 거기 서면 양편에 솟은 벼랑 때문에 우물 밑바닥에 내려앉은 것 같다. 근무를 하는 동안 목덜미로 스미는 골바람의 한기에 누구나 한 번씩은 목을 움츠렸다. 여름밤에도 등이 시렸다.

초소 옆 개울에는 경계 보완을 위해 밤눈과 귀가 밝은 거위를 길렀다. 모두 네 마리였는데 초병들은 '전투 거위' 라고 불렀다. 거위들은 병사들이 개울로 다가가면 홰를 치며 소리를 지르다 때로 개머리판을 쪼며 달려들었다. 1 미터가 넘는 폭설에도 거위들은 얼어붙은 개울가에 꼿꼿이 서서 겨울을 났다. 냉장고 계곡의 추위에 질린 병사들은 곧잘 '거위보다 못한 놈' 취급을 받았다.

주야로 경계가 펼쳐지는 가운데에도 구름과, 골바람과, 계곡물과, 날개를 편 새들은 내키는 대로 삼중 철책을 넘어 오갔다.

김이 출감을 나흘 앞둔 날. 평소와 달리 저녁 식사를 마친 영창에 돌연 긴장감이 감돌았다. 헌병들이 험상궂은 얼굴로 철창을 걷어차고 다녔다. 그날은 김이 중위의 독방으로 건너가는 일도 금지됐다. 징계수들은 영문을 모르고 불안에 떨며 허리를 곧추세웠다. 잠시 후, 한 떼의 하사들이 입감됐다.

그들은 모두 여섯 명이었다. 앙상한 몸집에 새까맣게 그을린 낯들이었다. 입감 신고 절차가 진행되는 동안, 그들은 신음 한마디 내뱉지 않았다. 걷어차여 시멘트 벽에 뒤통수를 부딪고 쓰러져도 사전에 약속이라도 한 듯 다시 일어났다. 그럴수록 헌병들의 주먹이 거칠어졌지만 소용없었다. 쓰러져 못 일어나는 하사가 있으면 다른 하사들이 부축해 기어이 일으켜 세우는 것이었다. 헌병들의 얼굴에 당황한 기색이 역력했다. 김은 신병 교육대에서 들었던 그들의 군가 소리를 기억했다. 사람의 입에서 그런 쇳소리가 나온다는 게 믿겨지지 않았었다. 결국, 한 사람씩 목울대를 죄는 마지막 절차가 생략되고 그들은 감방장에게 넘겨졌다. 감방장은 마지못해 몇 마디 수칙만을 중얼대고 물러났다. 하사들은 징계수들 옆 감방에 수감됐다.

"양치기 개들이 늑대 무리를 만났군 그래."

어느 결에 독방에서 슬리퍼를 끌고 나온 중위가 복도에 서서 구경하다 말했다. 그날 밤은 시간이 더디게 흘렀다. 새로 입감된 하사들은 물론, 징계수들까지 덩달아 온몸이 땀으로 후줄근해지도록 시달린 뒤 자정께야 눈을 붙일 수 있었다.

가을이 깊어가면서 감방 공기가 사뭇 싸늘해졌다. 죄수들은 기상하면 코를 풀고 기침을 해댔다. 달라진 것은 체감온도만이 아니었다. 하사들이 입감된 이후로 감방 공기 중엔 불길하고 심상찮은 기운이 떠다녔다. 징계수들은 전보다 더 몸을 사리고 입을 조심했다.

수감된 이상 하사들도 죄수였다. 그들 역시 헌병들과 감방장의 통제를 벗어날 수는 없었다. 시키는 대로 얼차려를 받고 철창을 타야 했다. 징계수들과 차이가 있다면 그들 사이의 명령 체계가 따로 있다는 점이었다. 헌병들은 그것을 지워버리기 위해 표독스럽게 날뛰었지만 하사들은 확고했다. 후임들은 선임을 깍듯이 대우했고, 선임들은 노역이건 얻어맞는 일이건 앞장서서 감당했다.

"솔선수범하는 거죠. 다 같이 고생해왔으니까요."

함께 밥을 타러 나왔던 조형태 하사가 입을 열었다. 김은 조 하사를 통해 그들의 죄목을 전해 들었다. RCT 훈련 막바지에 모나게 굴던 병장 하나를 손봐준다는 것이 죽음에 이르게 했다는 거였다. 일개 중대의 하사들이 모조리 엮여 들어왔다. 그들은 헌병들의 통제를 거스르지 않았고 징계수들에게도 정중했다. 그러나 감방장의 지시만은 따르지 않았다. 침묵과 불응으로 시사하는 그들의 저항은 검질기고 집요했다.

일이 터진 것은 다음 날 오전이었다.

하사 무리와 징계수들은 뒷마당으로 끌려가 세탁 작업을 했다. 사성 언덕 위 철조망 안쪽에 투입된 헌병들의 병력이 두 배로 증원돼 있었다. 하사들은 빨래를 하면서도 감방장의 잔소리에는 침묵과 불복종으로 일관했다. 징계수들은 엄두를 못 내던 일이었다.

말로 을러대던 감방장이 하사들을 향해 주먹을 휘두르기 시작했다. 여기저기서 하사들이 나동그라졌다. 물에 젖은 옷가지와 대야가 날아다녔다. 조도 감방장의 주먹에 맞아 시멘트 욕조에 처박혔다.

김은 빨랫감을 내려놓고 일어섰다. 일손을 멈춘 징계수들이 경계병들의 움직임을 살피느라 흘끔거렸다. 김은 물에 젖은 조를 욕조에서 끌어냈다.

"다들 하던 일 계속하지 못해?"

감방장이 소리쳤지만 하사들도, 징계수들도 움직이지 않았다. 언덕 위의 헌병들이 서로의 얼굴을 마주 보는 광경이 보였다. 입감 때 맛본 감방장의 주먹 무게와 사흘 남은 출감일로 갈등을 했지만, 김은 곧 선택을 했다. 김은 감방장을 향해 마주 섰다.

참고 참았던 말이 터져 나왔다.

"이등병 새끼가 죽을라고."

10여 초가 흘렀을까. 살기등등하던 감방장의 눈빛이 일순 풀이 꺾였다.

"저, 저는……."

"뭐?"

하사들과 징계수들을 둘러보던 감방장의 입에서 뜻밖의 말이 튀어나왔다.

"저는, 형님들께 잘해드리려고……."

죄수들은 일제히 웃음을 터뜨렸다. 주저앉은 조도 눈가에 흐르는 피를 닦으며 쓴웃음을 지었다. 뭘 잘해주는데? 뭘 잘해줄 건데? 헌병들에게 힘입은 감방장의 권위가 꺾인 것이 확인되자, 죄수들의 분노는 삽시간에 폭발했다. 모두들 끈이 없는 군화부터 벗어던졌다. 너 좀 이리 와 봐라. 사방에서 뻗어 나온 손길들이 감방장의 멱살을 틀어쥐고 주먹질을 퍼부었다. 감방장은 건물 벽으로 밀려 나동그라졌다. 잠깐 사이에 뒷마당은 아수라장이 되고 말았다.

헌병들이 서둘러 언덕 위에서 뛰어내렸다.

한바탕 진압이 있고 난 뒤, 영창 분위기는 평소의 위계질서로 돌아갔다. 헌병들에게 무슨 말을 듣고 왔는지 감방장은 그전보다 더 기승을 부렸다. 사소한 일에도 트집을 잡고 시비를 걸었다. 그러나 더 이상 죄수들을 향해 반말을 하지 못했다. 지시를 내렸다가 죄수들이 말을 듣지 않으면 제 주먹을 쓰는 대신 헌병을 찾았다. 진압당하는 와중에 헌병들의 개머리판과 총구에 찍혀 죄수들의 얼굴은 저마다 피투성이였다. 빗장뼈가 부러진 징계수 하나가 의무대로 실려 갔다. 그들은 철창 너머로 복도 건너편 독방의 감방장을 노려봤다. 그날은 씻을 기회도, 식사도 주어지지 않았다.

밤이 돼 주먹과 군홧발을 휘두르던 헌병들이 근무자를 남기고 철수했다. 복도에 정적이 감돌자 감방장은 두 감방에서 쏘아보는 눈길들을 견디기 힘겨웠던지 혼자 변명의 말들을 늘어놨다.

옆 감방에서 나직한 목소리가 흘러나왔다.

"남한산성 가기 전에 여기서 숨통을 끊어주마."

그날 밤, 감방장은 근무하는 헌병을 불러 감방을 옮겨달라고 요청해야 했다. 그는 복도 끝 감방으로 옮겨 갔다.

다음 날 날이 밝고, 곤봉을 쥔 소대 병력의 헌병들이 영창 건물로 투입됐다. 철조망 바깥 언덕에도 스무 남은 명의 헌병들이 배치됐다. 지난밤으로 사태가 매듭지어진 줄 알았던 죄수들은 건물 앞마당으로 내몰렸다. 죄수들 틈에 끼어 나오던 중위가 김을 향해 수인사를 건넸다.

대열 앞에 나선 헌병이 소리쳤다.

"네놈들이 노역만으론 운동이 부족한 모양인데 오늘은 전투 체육 시간을 갖기로 한다."

김에게 숟가락을 겨누던 헌병이었다. 그는 죄수들 앞에 권투 글러브 두 켤레를 내던졌다.

"웬 글러브야? 우리 보고 권투를 하라는 건가?"

"조지자면 구실이 필요해서겠지."

징계수들이 쑥덕거렸다.

마당에 투입된 경계병들이 곤봉을 쥐고 둘러선 가운데 하사들과 징계수들 간의 때 아닌 권투 시합이 벌어졌다. 중위는 징계수팀 벤치 뒤쪽에 주저앉아 담배를 빼물었다. 하사팀이나 징계수팀이나 지명된 죄수들은 마뜩찮은 얼굴로 글러브를 집어 들었다.

호루라기 소리로 2분 3회전씩의 경기가 펼쳐졌다.

하사 팀은 초반부터 압도적인 우세로 경기를 이끌었다. 징계수들은 맷집에 비해 근성이 부족했다.

"재미로 해, 재미로. 저 친구들이야 재판 기다리는 미결수지만 우린 곧 나가잖아."

"그래, 몸들 아껴."

징계수들은 지고 들어오는 선수의 등을 두드렸다.

하사팀 가운데 조의 기량은 괄목할 만했다. 다리 움직임부터 남다른 것이 제대로 배운 주먹이었다. 슬쩍 뻗은 왼손에 징계수 팀 선수가 쓰러지자 곤봉을 쥔 헌병들 사이에서까지 경탄이 솟았다가 잦아들었다.

김의 차례가 되었을 때, 돌연 시합을 통제하던 헌병이 제지했다.

"감방장 데려와."

햇살 밖으로 끌려나온 감방장은 두 눈을 껌벅였다. 헌병이 다가가 뭐라고 귀엣말을 했다. 감방장이 연신 고개를 끄덕였다.

"작전은 있냐?"

중위가 다가와 김에게 물었다.

"저놈이 가장 믿는 구석을 무너뜨려야겠죠."

김은 일어섰다. 가드를 단단히 하고 김은 감방장의 턱밑으로 파고들었다. 홍두깨를 휘두르듯 감방장의 주먹이 덮쳐왔다. 김은 단 한 방으로 쓰러졌다. 그리고 일어섰다. 카운트를 세는 헌병의 어깨 너머로 김은 감방장을 향해 웃어 보였다. 당황한 감방장이 되는 대로 주먹을 휘두르기 시작했다.

2회전이 되자, 감방장의 움직임이 눈에 띄게 둔해졌다. 김은 잘 골라 상대의 팔꿈치 너머로 크로스 카운터를 먹이고 짐짓 감방장과 함께 쓰러졌다. 심판을 맡은 헌병이 둘을 뜯어내는 틈을 타 김은 감방장의 귀에 대고 말했다.

"헌병들이 언제까지나 네 뒤를 봐줄 거라고 생각한다면, 어디 일어나 봐라."

심판이 카운트를 셌다.

감방장은 꼼짝 않고 누워 있었다.

카운트가 끝나고도 감방장은 일어서지 않았다. 가을 햇볕 아래 소슬

바람이 건물 마당을 쓸고 지나갔다.

"일이 이렇게 돌아간다 이거지?"

헌병 고참은 감방장을 걷어차 끌어냈다.

"주먹 좀 쓰는 모양인데, 이번엔 저 녀석과 붙어봐라."

헌병은 하사 팀의 조를 지목했다. 조 하사는 글러브를 받아들었다. 김은 거스를 수 없다고 생각했다. 호루라기를 문 헌병이 흙바닥에 그은 선 안으로 들어서라고 둘에게 손짓을 했다. 조가 글러브를 내던졌다.

"못 해?"

헌병이 호루라기를 뱉어내고 말했다.

"해보나 마납니다."

"뭐 이 새끼야? 뭐가 해보나 마나야?"

"주먹도 가는 길이 있습니다. 저 친구는 주먹 가는 길을 익혀본 적이 없습니다."

"이 새끼들이 주제를 모르고……."

말을 끝내기도 전에 파이버를 벗어던진 헌병은 조의 턱에 주먹을 날렸다. 조는 헌병의 주먹과 발길질에 채이다 건물 벽에 부딪고 쓰러졌다.

"그럴 거면 직접 붙읍시다!"

김이 소리쳤다.

발길질을 퍼붓던 헌병이 돌아섰다.

"너 지금 뭐랬냐?"

"근무자님이 직접 나서라는 겁니다. 뭐든 자기 손으로 해야 제대로 굴러가는 법이죠."

"아하, 나 이 새끼들이……."

제대를 앞둔 헌병은 상의를 벗어젖혔다. 다른 헌병들의 제지를 뿌리친 그는 조의 글러브를 집어 들었다.

"아까울 것도 없는 주먹, 포장지에 쌀 건 뭐 있습니까."

김이 말했다. 헌병의 얼굴이 붉으락푸르락했다.

호루라기가 울렸다.

시합은 1회전으로 충분했다.

김이 두 번째 쓰러졌을 때 중위가 다가와 말했다.

"이제 그만 일어나도 된다. 내일이면 넌 출감이야."

김은 가까스로 일어났다. 세 번째 쓰러지고 일어서는데 땅이 자꾸 밀리며 기울었다. 김은 일어나야 한다고 생각했다. 조와 중위가 헌병의 앞을 막아서는 광경이 보였다. 그들이 뭐라고 항의하는 모습도 보였다. 소리만 들리지 않았다. 네 번째 쓰러진 김은 다시는 일어나지 못할 거라는 생각이 들었다. 그래도 일어나야 한다고 생각했다. 어째서인지는 자신도 몰랐다. 이번엔 아무도 앞을 가로막지 않았다. 김은 가드를 올리려고 기를 썼다. 웃통을 벗어젖힌 헌병이 물끄러미 바라보고 있었다. 징계수들도, 하사들도, 그들을 에워싼 헌병들도 입을 열지 않았다.

김은 무릎을 꺾고 넘어졌다.

냉장고 계곡의 GOP 초소는 청음초聽音哨였다.

한밤에 유난히 불규칙한 소음이 많아 후반야를 서는 초병들의 신경을 곤두서게 했다. 계곡을 흐르는 물소리나 소쩍새 울음에는 곧 익숙해진다. 잠든 거위들의 날갯짓, 철책 가까이 노루나 멧돼지가 다가와 부스럭대는 기척은 야간 적외선 투시경으로 확인할 수 있었다. 그러나 계곡에서는 밤이면 간헐적으로 정체불명의 소음이 들렸다. 가청 대역을 넘나드는 저음인데 한밤의 어느 시각에 비무장지대 저편에서 우렁우렁 일었다가 잦아들곤 했다. 야시경을 들이대 봤자 진원을 알 수 없었다.

경계병들의 보고가 잇따르자 장교 하나가 초소 옆에 속이 빈 쇠 파이프를 박았다. 일종의 청진기였다. 소음이 일면 병사들마다 파이프에 귀를 대봤다. 북측이 땅굴을 파는 소리가 아닌지 의심했지만 소음이 이는 시간대는 불규칙했다. 그러다 산골에서 살다 온 병사 하나가 산이 우는 소리라고 말했다. DMZ 너머의 오성산은 신생대 3기말까지 활화산이었다. 일대는 비옥한 용암대지로 주변의 한탄강 역시 용암이 흐르던 길이었다. 냉장고 계곡의 얼개가 비무장지대를 향해 나팔형 집음기 구실을 해서 다른 지점에선 들리지 않는 산 울음을 증폭시킨다는 거였다.

그 후로, 초소의 선임은 정체불명의 중저음에 긴장하는 후임병에게 산이 우는 소리라고 일러주는 관례가 생겼다. 산이 어떻게 울지 말입니까? 도시에서 온 병사들은 겁에 질려 되묻곤 했다.

중위의 감방에서 김은 정신을 차렸다. 코뼈가 부어오르고 어금니 하나가 깨진 걸 손으로 더듬어 확인했다.

"내일 출감하는 덴 지장이 없다."

김의 수첩을 접으며 중위가 말했다.

"그게 제일 궁금하지?"

김은 고개를 끄덕였다. 몸을 일으키려니 여기저기가 쑤셨다.

"다들 어떻게 됐나요?"

"뭐가 어떻게 돼? 세상을 바꾸기라도 한 줄 알아?"

중위는 너털웃음을 짓고 천장을 올려다봤다.

"네 덕분에 하사들이 자율권을 얻었다. 이등병짜리 감방장 통제엔 따르지 않기로 합의를 봤다. 하사들 가운데 선임이 감방장 역할을 맡게 됐다. 징계수들도 동의하고."

"잘됐군요."

중위는 주전자에서 물을 따라 내밀었다.

"감방에 주전자 있는 거 본 적 있나?"

"별일이네요."

"그 헌병 고참 녀석이 들여다 놓은 거다. 내가 몇 번씩 부탁해도 수감 규칙 들먹이며 딱 잘라 거절하던 놈이." 중위는 말했다. "네 안의 뭔가가 그놈 심장을 건드린 것 같다. 그게 뭔지 알고나 그런 거냐?"

김은 물컵을 내려다봤다.

"우리가 본디 백지였다면, 거기 먼저 인간을 새기는 게 순서라고 생각했습니다."

중위가 한숨을 쉬었다.

"내가 말했지? 칼이란 가지고 다니면 반드시 쓸 일이 생긴다고. 넌 그게 칼인지 몰랐을 따름이야. 출감하기 전에 네게 해줄 말이 있다. 넌 나를 이곳에서 처음 만난 줄 알겠지만 내가 너를 만난 건 이번이 세 번째다."

중위는 담배에 불을 당겼다.

통조림통으로 만든 재떨이를 끌어당긴 중위는 오래된 이야기를 시작했다.

"전방 입소 교육이란 걸 아나?"

"예, 전두환 정권이 세상모르고 날뛰는 대학생들에게 전선 현장을 체험하게 해 북괴의 실체를 일깨우고 그 대가로 군 복무 기간 45일을 단축해주시는 제도였죠. 저희 세대를 마지막으로 사라졌습니다."

"자네도 45일 혜택을 받았겠지?"

"예, 저도 그 교육을 받았으니까요."

"내 보직은 사단 정훈장교다. 당시엔 소위였지."

"……."

"3년 전 가을, 한밤에 GOP에서 문제가 생겼다는 전갈이 왔더군."

중위는 통조림통에 담뱃재를 떨었다.

"교육 입소한 대학생 중 하나가 경계 근무 중인 장병을 폭행했는데 정치학과 녀석이란 거였어. 기억나나?"

"설마 저와 관련된 일입니까?"

중위는 이야기를 계속했다.

"휴전선에서 피교육 중인 대학생과 현역군인 간에 충돌이 빚어졌고 그 대학생이 정치학과 학생이라는 보고를 받은 사령부는 사상 갈등으로 단정 짓고 나를 보냈다. 종로 소대였을 거야. 막 막사로 들어서는데 대학생 하나가 나오더군. 잠깐 스치고 지나갔지. 자네였어."

"……."

"소대장은 자네가 묵비권을 행사해서 돌려보냈다더군. 자네 얼굴을 기억할 수밖에 없었네. 군부가 자네 같은 자를 가만두리라고 생각하나? 자넨 그때 이 사단으로 다시 돌아오게끔 낙인찍힌 거야. 대학 때 데모 일삼던 녀석들 신원을 파악해뒀다가 전투경찰로 배치하듯 말야."

김의 뇌리에 2년여 군 생활이 주마등처럼 스쳐갔다. 주위 산악들이 어째서 기시감을 줬는지, 정훈 교육 발표회 때면 어째서 그가 자주 지목됐는지, 중대장이 국방대학원을 준비 중이라며 정치학 텍스트의 요약을 김에게 맡긴 것까지, 의문을 품었던 과거들이 한순간에 확연해졌다.

"군 사상 교육 발표회가 있을 때 자네 부대엘 갔다가 자넬 두 번째 봤지. 2년 만이었어. 모범적인 군인이 됐더군. 내가 자네에게 만점을 줬지. 포상 휴가는 잘 다녀왔나?"

김은 말을 잃었다.

"여기서 자넬 지켜보고 또 자네 수첩을 들여다보면서 좀 의문이 생겼어. 3년 전 사건 말야. 무슨 일이 있었던 거지?"

김은 3년 전을 회상했다.

GOP 경계 근무에 소대원 둘과 대학생 셋이 한 조로 투입된 밤이었

다. 밀어내기 근무로 후반야를 지나는 동안 병장 계급의 소대원이 대학
생들에게 얼차려 교육을 시켰다. 대학생들은 그가 시키는 대로 초소 밖
에서 앉고 엎드리고 굴렀다. 김이 참을 수 없었던 것은 고교 마치고 입
대한 녀석들이 형뻘의 대학생들을 계몽해야 할 사회 불만 세력으로 취
급한다는 거였다. 그렇게 주입받았기 때문에 그럴 것이었다.

김은 일어서서 손에 묻은 흙을 털었다. 김이 불응하자 과동기들은 이
러지도 저러지도 못하고 엉거주춤 서 있었다. 대학생들을 노려보던 병
장은 그렇다면 소대에 보고하겠다며 초소로 들어갔다. 김은 312전화기
를 집어 드는 병장의 멱살을 잡아끌고 나왔다. 땅바닥에 눕혀놓고 팔꿈
치로 짓누르는 동안, 겁을 먹은 일병이 전화기를 붙들고 악을 썼다.

"종로 종로! 16초지 말입니다. 학생들이 홍뱀(병장님)을 패고 있습니
다! 난동입니다! 16초지 말입니다!"

실제로 난동이 벌어진 듯, 일병은 실탄이 삽탄된 M-16을 메고 오들
오들 떨고 있었다.

교체 병력이 올라온 뒤, 김은 소대장 막사로 불려갔다. 밤참으로 라면
을 먹고 있던 소대장은 김에게도 식판을 꺼내 권했다. 자신도 마르크시
즘에 대해선 김 못지않게 해박하니 편하게 이야기해보자는 것이었다.
김은 어이가 없었다.

"거기서 마르크시즘 얘기가 왜 나오는지 이해할 수 없더군요."

"그렇다고 아무 말도 하지 않았나?"

"무슨 말을 해도 소용없을 거라고 생각했습니다."

중위는 고개를 끄덕였다. 김이 가까스로 일어서자, 중위는 철창 밖 시멘트벽에 비낀 형광등 불빛을 가리켰다.

"우리 다시 보자꾸나. 저런 빛 말고, 진짜 햇볕이 쬐는 곳에서 말야."

*

"봄볕이 정말 따끈하군."

OP 망루 난간에 선 한 중위는 북측의 선전 간판을 가리켰다.

"저 아가씬 누구야?"

"초병들의 애인이죠. 여기 장병들의 모포를 꽤나 더럽혔을 겁니다."

김은 망원경을 건넸다. 잘 그렸네, 예쁜데 그래.

이어 한 중위는 아군 철책을 내려다봤다.

"중앙의 철책이 휴전 후에 놓인 철책입니다. 노후했죠. 박통 때 그 안쪽으로 한 겹의 철책을 더 보완해 두 겹이 됐고, 맨 바깥쪽 철책이 전두환 정권 시절에 구축한 겁니다."

김은 설명했다.

"근무할 만한가?"

"네, 햇볕도 좋고. 안개가 몰려오면 망루 경치가 더 볼만합니다. 이곳 망루만 남기고 온통 구름에 잠겨버리니까요. 해무 깔린 바다 위에 솟은 외로운 섬 같죠."

"바닷가에서 태어났다고 했나?"

“네.”

“냉장고 계곡이 어디지? 자네를 이곳으로 되돌아오게 만든 사건이 벌어졌던, 그 장소 말이야.”

김은 3시 방향을 가리켰다.

한 중위는 난간 밖으로 상체를 내밀어 김이 가리킨 계곡을 살폈다.

“입장이 바뀌니 어떤가?”

“그걸 확인하러 오신 겁니까?”

김은 날카롭게 되물었다.

한 중위가 망루 난간을 짚고 쓰게 웃었다.

“그런 셈이지. 이게 내 마지막 임무야. 어디서 지시받은 게 아니라 내가 골랐다네.”

“…….”

“이봐, 나 전역하기로 했다. 자네보다 먼저.”

한 중위는 김의 어깨를 두드렸다.

“내 죄목은 굳이 이름 붙이자면 명령 불복종이었어. 내 상관이 날 영창에 보낸 건 시간을 두고 생각을 가다듬어보라는 뜻 정도였지.”

일선 중대에서 총기 사고가 발생했었다고, 한 중위는 말했다. 사망자 허모 일병의 사체는 새벽에 유류고 울타리 옆에서 발견됐다. 검시 결과, 허모 일병은 M-16 소총을 자신의 우측 가슴에 대고 한 발을 발사했다. 그러나 죽지 않자, 다시 좌측 가슴 부위에 발사했다. 그러고도 죽지 않아 그는 마지막으로 우측 눈자위에 세 번째 탄환을 발사해 사망했다.

중대원 전원이 헌병대로 연행돼 조사받고, 사건은 자살로 종결됐다. 수사가 끝난 뒤 한 중위는 사단 사령부로부터 사고 부대 중대원들의 정훈 교육을 명받았다.

한 중위는 이를 거부했다.

"식스틴 총신이 1미터에 달하는데 그걸로 자기 몸에 세 발이나 쏠 수 있었다니……. 팔도 길고 명도 질겼던 모양이야, 안 그런가?" 중위는 말했다. "사망자가 자네와 같은 도시에서 자랐더군. 10년 전에 거기서 많은 사람들이 죽었지."

김은 오성산 양어깨를 건너다봤다.

"그 시절, 저는 중학생이었습니다."

"그럴 거야."

"대학 때에도 데모와는 거리가 멀었습니다."

"그렇더군. 그런 기록쯤은 조사하면 다 나오지."

한 중위는 말했다.

"자넬 겪어봐서 아네. 그러나 자네 주민번호 뒷자리의 두 번째 숫자라면, 맛을 좀 봐야 될 이유로 충분해. 6이었지?"

한 중위가 전투모를 고쳐 쓰며 내민 것은 김의 군인수첩이었다.

"가보겠네. 라면은 우리 둘 다 무사히 전역하고 먹세나."

망루를 내려간 한 중위는 벼랑 끝 계단을 향해 발걸음을 옮겼다. 돌려받은 수첩을 쥐고, 김은 멀어져가는 한 중위의 뒷모습을 지켜봤다. 김이 별안간 소리쳐 불렀다.

"이봐요!"

김은 양 팔을 펼쳐 DMZ 평원을 가리켰다.

"보세요! 누가 갇혀 있는 것 같습니까! 저들입니까, 우립니까!"

김의 목소리가 계곡에 부딪고 메아리로 돌아왔다.

155마일 휴전선을 뒤돌아보던 한 중위는 말없이 발길을 돌렸다.

김은 노을이 지고, 이어 잉크를 물에 푼 듯 이내가 내리고, 공제선이 지워지고, 사위에 어둠이 스며 시야를 확보할 수 없을 때까지 OP 망루에서 비무장지대를 바라봤다. 세 겹의 철조망을 둘러친 이쪽과, 목장 울타리보다 못한 개나리 철책 한 줄만 두르고 선 북한군 진영을, 그 사이에 가로놓인 고라니와 산양과 멧돼지가 뛰노는 폭 4킬로미터 야생의 DMZ를 넋을 놓고 바라봤다. 봄이었다.

초소 안에서 일몰 전개를 확인하는 전화벨이 울렸다.

김은 수화기를 들고 말했다.

"동부전선 이상 없습니다."

– 문학수첩 2009년 봄호

높

늪

마을에 도착했을 때 가을비 씨의 눈길을 잡아끈 것은 철로와 늪이었다. 인근 소도시로 이어지는 국도에서 삼십 분을 걸어 들어가야 철로가 보였다. 마을로 들어서기 위해서는 외가닥 철로를 건너야 한다. 철로는 마을이 바깥세상의 틈입을 거부해 그어놓은 굵은 금처럼 보인다. 철로를 가로질러 한 굽이 외로 돌아 걷다 보면 오른편이 늪이었다. 늪은 저수지라 부르는 것이 맞겠다. 마을 사람들이 길을 묻는 을비 씨에게 저수지 지나 어디라고 무뚝뚝하게 대답하고 내빼버리는 양으로 보자면 그랬다. 그러나 을비 씨 소견에는 물이 들 곳도 날 곳도 없이 나지막하게 고여 밤이면 요기妖氣처럼 역한 안개만 피워 올리는 물웅덩이를 늪 말고 다른 말로 불러 줄 요량이 안 났다. 간혹 직업이 의심스러운 외지인들이 차를 몰고 와 시퍼렇게 썩은 물에 낚싯대를 드리우고 앉아 있곤 했다. 고기가 걸리는 일은 없었다. 그들은 그저 어슬렁거리다가 주체할 수 없는 하루를 늪에 쏟아 붓고 돌아갔다.

을비 씨가 이력서를 보낸 일심산업주식회사는 엉뚱하게도 이런 외딴 촌락에 자리하고 있었다. 둘러본댔자 삼면으로 바람을 막고 엎드린 낮은 산들과, 좁은 들판에 난 한 줄기 길과, 농사를 짓거나 돼지를 치는 사십여 호의 농가밖에 없는 마을에 공장이 설 수 있었던 까닭이 있긴 했다. 국도를 타고 지근거리에 대기업의 반도체 공장이 가동되고 있었다. 일심산업은 그곳에 환경 관련 설비들을 납품하는 하청업체였다.

면접은 일심산업의 회의실에서 치러졌다. 취조에 가까운 면접을 끝내자 과장은 담배를 꺼내 물고 라이터를 그었다. 불이 유난히 높았다. 과장은 을비 씨 눈앞에서 라이터를 찰칵댔다.

"이 샐러리맨이란 게 말이지. 라이터불이라도 시원하게 당기고 살아야 하거든."

을비 씨는 어렴풋하게나마 자신이 채용되었음을 눈치 챘다.

며칠 후 일심산업으로부터 채용통고를 받은 을비 씨는 마을에 방을 구하러 다녔다. 일심산업에서 일하는 공원들은 대개가 인근 소도시에 거주하며 출퇴근했다. 공장 안에 기숙사가 있기는 했으나 방을 구할 형편이 못 되는 젊은 공원들의 차지였다. 스물 남짓한 공원들이 방 넷을 나눠 쓰고 있었다. 방을 구하는 일은 쉽지 않았다. 마을 안의 집들은 한데 모여 긴밀한 공동체를 이루지 못하고 논밭 너머에 외따로 뚝뚝 떨어져 있었다. 양옥으로 번듯하게 올려 세운 농가일수록 세를 놓는 방을 구한다는 을비 씨의 말이 채 끝나기도 전에 문을 닫아걸었다. 마을 전체가 을비 씨를 향해 빗장을 지르고 있는 듯 보였다. 공장에서 언덕 하나를 넘고서야 낡은 이발소에 딸린 곁방을 구할 수 있었다. 이발소가 필요할 정도로 마을이 번성하던 때도 있던 모양이었다. 을비 씨는 도시에서의 삶을 정리하고 마을로 들어와 눌러앉았다.

직장에서 을비 씨에게 주어진 업무는 팔십여 명 종업원의 안살림과 치다꺼리였다. 을비 씨 홀로 일심산업의 인사부였고 총무부였으며 경리부였고 교육부였다. 업무량보다 그것을 처음부터 완결까지 혼자서 처리해야 한다는 것이 을비 씨를 힘들게 했다. 고질적인 부서 간 알력과 업무 떠넘기기도 을비 씨를 괴롭혔다. 몇 달이 지나자 을비 씨는 자정이 가까워 퇴근하는 일이 일상이 됐다. 야근을 밥 먹듯 하기는 현장의 공원들도 마찬가지였다. 일심산업은 환경 설비뿐 아니라 대기업에서 소량으로 주문 받은 비품들까지 뚝딱거려 만들어냈다. 주문이 밀리면 제조부와 설비부 공원들은 얼굴이 반쪽이 되도록 야근을 했다.

야근수당이건 급여건 형편없었지만 을비 씨는 불만스러워하지 않았다. 불만스러워할 줄 몰랐다는 게 맞겠다. 을비 씨의 면접을 담당했던 사람이자 상사인 과장은 을비 씨가 무난한 사람이라고 생각했다. 단 한 번, 을비 씨가 과장의 지시에 불응한 적이 있었다. 점심 식사를 마치고 오후 업무가 시작되기 전까지 사무실 마당에 주차된 사장의 차를 닦으라고 지시했을 때였다. 막 점심을 마치고 족구라도 한 판 하려고 공장 마당을 기웃거리던 을비 씨는 말을 듣고도 선뜻 세차를 시작하지 않았다. 그저 차를 바라보며 이를 쑤실 뿐이었다. 과장은 그것이 탐탁지 않았으나 별 문제는 없었다. 다음날부터 을비 씨는 점심을 먹고 나면 으레 사장의 차를 닦고 차내의 재떨이를 비웠다. 과장은 그런 그에 대해 사람들에게 이렇게 말하곤 했다.

"쟤는 신문도 안 보고 살아."

그 말을 듣고서야 비로소 을비 씨는 자신이 신문 한 장 안 보며 살고 있다는 사실을 알았다. 신문은커녕 을비 씨의 거처에는 흔한 TV 한 대 없었다. 사람들은 조금이라도 뒤처질세라 조바심을 치며 신문을 본다. 그러고 나서는 토씨 하나 틀리지 않고 그대로 주워섬긴다. 을비 씨는 그게 무슨 소용일지 의아했다. 을비 씨가 태어난 이후로 지금까지 세상은 어디건 한결같았다. 장치된 허울을 걷고 보면 결국 자본주의는 이윤을 낳고, 자본가는 그것을 가로채고, 사람들은 점점 가난해져간다. 을비 씨가 어느 날 마음을 바꿔 신문을 보기 시작한들 달라질 것은 없었다.

하지만 그렇다고 해서 을비 씨 같은 속인이 쉽사리 등을 돌려버릴 만큼, 세상이 그렇게 호락호락하지는 않은 법이다. 공장 외벽 너머로 펼쳐진 들판에서 갓 핀 풀꽃 향기가 실려 오고 아지랑이가 몽실몽실 피어오르던 오후, 을비 씨는 담벼락에 기대 들판을 내려다보는 최윤지 씨를 봤다. 윤지 씨는 입사한 지 얼마 안 된 사무실 직원을 돌아보며 설핏 미소를 지었다. 을비 씨는 날씨가 참 빌어먹게 좋지요라든가, 이런 곳에서 노닥거리다 제조부 부서장에게 들키면 혼날 걸요라든가, 오늘 점심은 식판 위에 뱀이 살 만하지 않았어요 따위의 인사말을 골라봤지만 한 마디도 입 밖으로 내놓지 못했다. 봄 햇살의 희롱을 서슴없이 투과시켜 발갛게 물이 든 윤지 씨의 귓불 때문이었다. 사무실로 돌아온 을비 씨는 그날 내내 봄 햇볕이 사람을 공연히 달뜨게 만들고 업무 효율을 떨어뜨린다고 투덜댔다.

윤지 씨가 사무실에서 일하는 을비 씨를 찾아온 일이 한 번 있다. 그녀는 때 묻은 작업 점퍼에 청바지 차림으로 거침없이 걸어 늘어와 을비 씨의 책상 앞에 섰다. 작업장에서 일하는 여공이 사무실을 찾을 일은 거의 없는 터라 사무실 직원들의 눈이 온통 그녀에게 쏠렸다. 윤지 씨는 또박또박한 어조로 자신의 명함을 한 통 만들어 달라고 말했다. 을비 씨는 엉겁결에 그녀의 한자 성명과 연락처를 받아 적었다. 당황하는 바람에 책상 가에 놓인 스테이플러가 떨어졌다. 윤지 씨는 짐짓 태연스레 스테이플러를 주워 올려놓고 돌아갔다. 과장에게 핀잔을 듣고서야 을비 씨는 공원들에게는 명함을 만들어주지 않는다는 방침을 떠올렸다. 명함은 사무실에서 일하는 직원들에게나 신청 받았다.

을비 씨는 동년배인 품질보증팀의 박 주임에게 윤지 씨에 대해 넌지시 물어봤다. 박 주임의 대답은 간단했다.

"걔? 걸레."

을비 씨는 자기가 당한 무안을 되돌려주기를 포기했다. 윤지 씨도 더는 을비 씨를 웃음거리로 만들지 않았다. 다행이다 싶으면서도 을비 씨는 어딘가 허전했다. 가끔 을비 씨는 퇴근 무렵 사무실 앞을 지나치던 윤지 씨가 또래 여공들과 인사를 나누며 시원스럽게 웃는 모습을 볼 수 있었다. 을비 씨는 그 웃음이 마치 햇빛을 담뿍 머금은 석류 열매가 탁

타지는 모양과 닮은 것 같다고 생각하곤 했다. 그리고는 그렇게 생각하는 자신이 언짢아 애꿎은 키보드 화살표 키만 소리 내 딱딱거렸다.

시간이 좀 필요한 일이긴 했지만, 어느덧 을비 씨는 일을 마치고 들판을 가로질러 거처로 돌아갈 때면 집에 가고 있다는 느낌을 가질 수 있게 됐다. 뭐라 꼭 집어 말하기 어려웠지만 을비 씨는 그 느낌을 좋아했다. 노을 위로 풀어져 내리는 이내를 닮은. 어떤 피로. 어떤 안도. 어떤 슬픔.

드물게 도시에 나갔다가 밤늦어 취해 돌아오는 날도 있었다. 마을 앞 철로 건널목으로 이십 분마다 하행선 열차가 지나갔다. 분간 못할 어둠 속에서 땡그랑거리는 경고음과 함께 철로의 자동 차단기가 내려지면, 뒤미처 폭풍이 몰아치듯 기차가 나타나곤 했다. 을비 씨는 진입 저지선에 서서 앞으로 빨려들 것만 같은 몸을 가누며 기차가 지나가기를 기다렸다. 지나치는 열차의 차창은 을비 씨의 눈앞에서 스트로보스코프처럼 빛을 흩뿌리다가 느닷없이 사라졌다. 셔터를 누른 듯 을비 씨의 망막에 인화된 차창 안의 풍경은 오래도록 잔영이 남았다. 떠나거나 돌아가는 사람들. 차단기가 올라가고 참았던 숨을 내쉬고 철로를 건너면, 어둠 속에 낮게 엎드린 몇 안 되는 불빛들이 보이고 귀뚜라미 소리가 들리고 늪이 뿜어내는 차갑고 습한 밤안개가 허벅지에 와 닿았다. 그러면 을비 씨는 길을 걷다 불현듯 예의 그 느낌에 사로잡히는 것이었다. 집으로 돌아가고 있다는 상념. 한사리 밀물처럼 차오르는 까닭 모를 서글픔을 닮은. 어떤 피로. 어떤 안도. 어떤 슬픔.

마을의 밤은 늪이 지배했다. 낮 동안 고여 있던 늪은 밤이면 삼단 같은 머리를 풀어헤치고 돌아다니며 마을을 적셨다.

　매일 작은 언덕바지를 넘어 다니며 출퇴근하던 을비 씨에게 새 구두가 필요해질 무렵이 되자 새로운 이웃들도 생겼다. 가장 먼저 을비 씨와 이웃이 된 상대는 이발소에 붙박여 살던 개였다. 이발소는 안채 주인 노파의 아들이 운영하다 도시로 떠난 뒤 그대로 방치된 전형적인 시골 이발소였다. 미닫이 유리문을 열고 들어서면 세 평 남짓한 공간에 중앙에 연통 난로가 자리하고 왼편이 세면대, 오른편에는 앉으면 먼지가 풀썩 피어오르는 소파가 놓여 있다. 맞은편에 이발 의자가 둘, 벽을 향하고 있었다. 전에는 거울이 붙어 있었을 맞은편 벽 너머가 이발소에 딸린 내실이자 을비 씨의 방이었다. 개는 을비 씨가 방을 구하러 왔을 때부터 두 이발 의자 사이에 헌 담요를 깔고 양은 밥그릇을 두고 살고 있었다. 을비 씨는 세를 들면서 개가 안채 마당 어디쯤으로 거처를 옮길 줄 알았다. 하지만 개는 그럴 생각이 전혀 없어 보였다. 을비 씨는 개에게 생각을 바꿔보는 게 어떻겠냐고 의사를 전하기 위해 퇴근하고 돌아와 개가 없으면 안채 마당으로 통하는 나무문을 잠가 보기도 했다. 그건 어설픈 제안이었다. 한밤중에 개가 문을 긁는 소리에 곤한 잠을 깬 을비 씨는 문을 열어주지 않을 수 없었다. 개는 을비 씨를 올려다본 뒤 엉덩이를 탈탈거리며 제가 쓰는 잠자리로 가서 배를 깔고 엎드렸다. 안채에 혼자 사는 주인 노파는 이발소에 개가 살건 사람이 살건 별로 신경 쓰지 않는 눈치였다. 을비 씨로서는 개에게는 월세를 받지 않는 노파가 못마땅했

지만 곰곰 궁리해본 끝에 불평하지 않는 것이 이롭겠다고 판단했다. 그
대신, 내실 방문을 열고 이발소로 발을 내려놓을 적마다 뚱한 눈으로 쳐
다보는 개에게 사람을 그렇게 빤히 쳐다보는 건 좋지 않은 버릇이라고
일러뒀다.

노파는 이웃한 딸네 집에서 머무는 날이 많았다. 노파가 없으면 양은
밥그릇은 텅 비어 있었지만 개는 어떻게든 굶지는 않는 모양이었다. 을
비 씨는 이 새로운 이웃과 도무지 친해지지 못했다.

을비 씨의 또 다른 이웃은 우전雨前 씨다. 을비 씨는 이발소 뒤꼍에 놓
인 드럼통에 쓰레기를 태우다가 우전 씨를 만났다. 그는 외국인 노동자
로 자신의 이름이 우사야나라고 말했다. 우사야나는 기원전 인도 왕의
이름이기도 한데, 그의 어머니가 매에게 납치되는 바람에 히말라야 산
정의 나무 위에서 태어났다고 했다. 이름을 건성으로 웅얼거려보던 을
비 씨가 그냥 우산이라 부르면 안 되겠냐고 묻자, 우산은 비를 가리는
물건이라고 손짓 시늉을 해가면서 친절하게 알려준 뒤 한자어 독음으로
우전이니 자신을 우전이라 불러 달라고 했다. 우전 씨는 이발소에서 비
탈길을 좀 내려가면 보이는 낡은 농가에 세 들어 살았다. 그는 길을 걷
다 누군가를 만나면 알건 모르건 손을 들어 인사를 했다. 특히 여자라면
동네 처녀건 아줌마건 쫓아가 인사부터 하고 봤다. 두 시간에 한 번 있
는 마을버스를 타면서도 운전기사에게 한국말로 유창하게 인사를 건넸
다. 기사는 요금통을 딱딱거리면서 돈이나 내고 가서 얼른 앉어 이 새끼
야, 라고 말했다. 을비 씨가 알기로 마을 사람 중에 우전 씨의 인사를 받

아주는 사람은 한 명도 없었다. 그래도 우전 씨는 소처럼 큰 눈을 좌우로 굴리며 웃음을 잃지 않았다. 우전 씨는 인도와 이 나라가 오래전부터 알고 지낸 사이라고 했다. 인도의 고전에는 고구려에 대한 언급이 나온단다. 그들은 고구려를 '쿠쿠테스바라鷄貴國'라고 불렀다. 인도인들 보기에 고구려인들은 닭을 숭상해 닭의 깃털을 머리에 꽂고 다니는 묘한 사람들이었단다. 을비 씨는 그건 아마 닭이 아니라 꿩의 깃털이고 숭상해서가 아니라 멋 부리려고 그랬을 거라고 이야기해줬다.

우전 씨는 비탈길이 끝나는 곳에 면한 작은 공장에 다녔다. 그곳에서 우주복처럼 생긴 은빛 방열복을 머리까지 뒤집어쓰고 일했다. 자칫하면 뼈가 녹는다고 했다. 그는 을비 씨가 다니는 일심산업에서 혹여 인도인에게 일을 시킬 생각이 없는지 궁금해했다. 을비 씨는 일이 힘들어 그러느냐고 물었다. 우전 씨는 일은 어디나 힘들지만 자기가 일하는 곳에서는 약속한 보너스를 주지 않는다고 말했다. 보너스를 주는 날이 되면 공장의 사장은 우전 씨를 도시의 호프집에 데려가 소주와 닭튀김을 사준다. 그리고는 그만이란다.

"댓츠 올."

우전 씨는 어깨를 으쓱 추키며 손에 아무것도 없다는 시늉을 했다.

개와 인도인처럼 이웃은 아니었지만 같은 공장에 다니는 추교익이라는 기능공이 가끔 을비 씨의 거처에 놀러오곤 했다. 교익은 아크 용접공으로 공장에 딸린 기숙사에서 살았는데 같이 자는 형들에게 얻어맞는 날이 많았다. 그런 날이면 교익은 이발소로 와 개와 함께 놀았다. 개는 을비 씨에게는 냉랭했으나 교익과는 금세 친해졌다.

을비 씨는 인사기록카드를 재정리하던 중에 교익을 알게 됐다. 단춧구멍 같은 눈에 늘 울상을 짓고 있던 녀석은 새로 작성하라고 내준 인사기록카드를 멀뚱히 바라보고만 있었다. 무슨 불만이라도 있나 했던 을비 씨는 나중에야 교익이 글을 읽지 못한다는 사실을 알았다. 공장에는 가정환경 탓에 고등학교 대신 직업학교를 졸업하고 산업기능요원 자격으로 취업한 공원들이 많았다. 그들은 군 입대를 면제받는 조건으로 입사한 회사에서 삼 년을 의무적으로 근무했다. 기간을 못 채우고 퇴사하면 곧바로 징집영장이 발부됐다. 병역특례업체 지정을 받은 공장은 일이 힘들어도 섣불리 그만두지 못하는 그들을 적극적으로 고용했다. 교익은 그런 공원들 가운데 하나였다. 을비 씨가 교익에게 가끔 놀러오라고 말한 이유는 글이라도 쓰고 살게 해주고 싶어서였다. 하지만 교익은 마지못해 몇 줄 끄적일 뿐 내키지 않아 했다. 교익은 아크 용접을 하고 온 날이면 눈에 잔광이 남아 잠을 못 이뤘다. 공장이 납품한 집진 설비 기기를 애프터서비스 하러 대기업의 반도체 공장에 다녀온 날도 몸이 더워 잠을 이루지 못했다. 집진 설비 기기는 반도체 생산 과정에서 발생하는 유독가스를 모아 고형화固形化 시키는 장치였다. 작업을 간 공원들은 방진마스크와 장갑만 착용한 채 유해성 여부가 불분명한 분말을 온몸에 뒤집어쓰고 긁어냈다. 을비 씨는 기숙사의 공원들에게 교익을 때리지 말라고 말이라도 해줄까 하다가 그만두기로 했다. 그런 말을 해봐야 관리직 사원에게 줄을 대고 편하게 살려고 든다고 더 얻어맞을 게 뻔했다.

어쩌다 을비 씨와 마주 앉으면 교익은 엉뚱한 이야기를 하곤 했다. 지구상에 인간이 생존할 확률은 아주 적어서 공룡이 살았던 기간만큼도 살기 힘들 거라느니, 지구 내부에 또 다른 세계가 있다느니, 그곳으로 들어가는 통로가 그린란드 섬 어딘가에 있다느니 하는 어디서 주워들었는지 모를 이야기들이었다. 을비 씨가 덤덤하게 내버려둘작시면 녀석은 한숨을 내쉬고 인간은 평생 오 톤이나 되는 음식을 먹어야 한대요, 라고 말을 맺곤 했다. 교익은 자신이 얘기하는 동안 딴전이나 피우는 을비 씨보다 말없이 쳐다봐주는 개를 더 좋아했다.

휴일에 밀린 빨래를 해치우고 안채 마당에 널어놓으면, 우전 씨가 시커먼 얼굴을 겁내는 교익의 손을 억지로 잡아끌고 이발소로 찾아오곤 했다. 그럴 때면 을비 씨는 우전 씨와 소주를 마시고 교익은 개와 붙어 놀았다. 맥주를 좋아하는 을비 씨는 우전 씨에게 인도인이라면 소주를 맥주로 바꾸는 마술 하나쯤은 부릴 줄 알아야 되는 거 아니냐고 농을 하곤 했다. 우전 씨는 좀 그럴듯한 소원을 말해야 마법을 펼쳐 보이겠다고 허풍을 떨었다. 을비 씨는 소주를 맥주로 바꾸는 것보다 더 근사한 소원이 자신에게는 없다고 했다. 우전 씨는 빙글빙글 웃으며 그렇지 않다고 잘라 말하곤 소주잔을 들었다.

*

여름이 다 지나서야 늦장마가 시작됐다. 여름 내내 가뭄에 지쳐 있던 사람들은 그래도 철을 놓치지 않고 찾아준 장마에 반가워들 했지만, 한 번 내리기 시작한 비는 이번엔 그칠 줄을 몰랐다. 비는 며칠을 연이어 쉬지 않고 내렸다. 늘 고여 있기만 하던 철로변 늪도 바닥의 황토 앙금을 뒤집으며 물이 불기 시작했다.

좀처럼 멎을 기미가 없는 빗속을 걸어 출근한 아침. 을비 씨는 사무실 처마 아래 비치된 그달 치 출퇴근 카드 80여 장이 간밤에 들이친 비바람에 모두 젖어 버린 광경을 보고 기가 막혔다. 기록들은 빗물에 번져 타이머에 찍힌 시간을 알아보기 힘들었다. 공교롭게도 급여 작업에 들어가야 할 날짜였다. 매월 출퇴근 카드를 들여다보며 야근과 휴일 근로 수당을 집계해 급여를 정산해야 하는 을비 씨에겐 여간 곤혹스러운 사건이 아니었다. 서둘러 대체할 카드들을 새로 꽂고, 회의실 책상 위에 젖어버린 카드를 늘어놓느라 부산을 떠는데 과장이 을비 씨를 불렀다. 출퇴근 카드를 젖도록 방기한 데 따른 질책이려니 했으나 아니었다. 과장은 사장님과 함께 어딜 좀 다녀오라고 지시했다. 영문을 모른 채 을비 씨는 사장의 차에 올라탔다. 사장은 손수 차를 모는 동안 입을 다물고 있었다.

도착한 곳은 도시의 관할 지방 노동사무소였다. 근로감독관 앞에 마주 앉고서야 을비 씨는 자신이 일심산업의 근로자를 대표하는 자격으로 사장과 함께 불려 왔다는 사실을 알았다. 어이없는 일이었지만 을비 씨로서는 감독관의 이야기에 귀를 기울일 수밖에 다른 도리가 없었다. 감독관은 상시 삼십 인 이상 고용 사업장에는 노사협의회 설립이 강제돼 있으므로, 노동조합이 없는 일심산업도 노사협의회만은 설립해야 한다고 설명했다. 돌아가서 근로자들이 직접 선출한 근로자 대표 다섯 명과 함께 노사협의회 규정을 합의해 신고해달라는 게 감독관이 그들을 부른 사유였다.

감독관은 노사협의회 표준 규정이 실린 양식 세 부를 을비 씨에게 내밀었다. 한 부는 노동사무소 신고용 양식이었고, 나머지는 각각 사용자 대표와 근로자 대표 보관용이었다. 감독관이 말을 마치자 사장은 만면에 웃음을 띠고 일심산업에 관한 기사가 실린 이 지방의 신문 한 부를 건넸다. 을비 씨는 신문 사이에 끼인 흰 봉투를 말없이 바라봤다.

돌아오는 길에 사장은 노조건 노사협의회건 그런 것이 회사에 무슨 쓸모가 있냐고 중얼거렸다. 자신은 팔십여 명에 달하는 종업원을 먹여 살리느라 고단해 죽을 지경인데 국가는 왜 사업가를 괴롭히지 못해 안달인지, 문제가 많은 나라라고 했다. 그리고는 동의를 구하듯 을비 씨를 쳐다봤다. 그제야 을비 씨는 사장이 운전기사도 없이 관리부 사원만 대동하고 노동사무소를 방문한 까닭을 짐작할 수 있었다. 뭐라고 추임새를 넣긴 해야 할 것 같아 을비 씨는 어제 점심 먹고 사장 차의 재떨이를 비웠나 어쨌나, 어정쩡하게 사장이 앉은 쪽을 향해 고개를 한 번 기웃했다. 차창 위로 퍼붓는 빗방울이 점점 거세져갔다. 철길을 건너자 늪이 범람해 벌건 황톳물이 주변 농지로 흘러들고 있었다.

"이대로 더 내리다간 홍수 나는 거 아냐 이거?"

운전대를 잡은 사장이 말했다.

노동사무소는 나흘의 말미밖에 주지 않았다. 그날 을비 씨는 과장이 임의로 지정한 근로자 대표 다섯 명의 목도장을 파기 위해 도시에 다시 다녀왔다. 과장이 적어 준 다섯 명의 명단에는 글을 못 읽는 교익의 이름이 끼어 있었다. 나머지 네 명도 알만했다. 근로자 대표를 선출하기 위한 공원들의 투표 따위는 없었다. 을비 씨는 이게 무슨 놀랄 일이냐고 스스로에게 충고했다. 그리고 저녁이 되기 전에 회의록을 비롯해 노사협의회 관련 서류들을 모두 만들었다. 과장은 을비 씨 손으로 꾸미고 날인한 노사협의회 규정 양식 세 부와 관련 서류들을 받아 금고에 넣고, 을비 씨에게는 입을 다물 것을 지시했다. 입을 다물건 열어두건 을비 씨는 따로 할 말도 없었다. 구내식당에서 저녁을 먹고 돌아온 을비 씨는 회의실에서 눅눅해진 출퇴근 카드를 걷어와 급여 작업을 시작했다.

카드에 찍힌 잔업 시간들은 흐릿했다. 을비 씨는 침침해오는 눈을 부비며 시간을 확인해 엑셀 작업 창에 두드려 넣었다. 피로가 더쳐 시야가 자꾸 흐려졌다. 을비 씨는 늪에서 뿜어내는 안개가 사무실까지 밀려든 것 같다고 생각했다. 근간에 공원들 사이에 돌던 소문이 떠올랐다. 밤이면 늪이 운다는 얘기였다.

"저수지에서 울음소리가 나? 왜, 물귀신이라도 입주했다던? 일이나 열심히 하라 그래!"

자재과 여직원에게 소문을 전해들은 과장은 신경질부터 부렸다. 일이나 열심히… 하라 그래……. 을비 씨의 손가락이 툭, 키보드에서 미끄러졌다. 퍼뜩 정신을 차린 을비 씨는 모니터를 들여다봤다. 엉뚱한 칸에 숫자들을 쳐 넣고 있었다. 사무실 바깥에서 웅성거리는 소리가 들려온 건 그때였다. 을비 씨는 시계를 올려다봤다. 어느새 자정이 지나 있었다. 을비 씨는 자리에서 일어나 사무실 밖으로 나가봤다. 기숙사의 공원들이 우산을 펴들고 늪 쪽으로 뛰어가고 있었다. 이 밤중에 무슨 일이지. 늪에 이르기 전에 구급차의 녹색 경광등 불빛부터 보였다. 모여선 공원들의 우산 숲을 헤치니 사람이 엎드려 있었다. 잠수부가 익사자의 몸을 돌려 눕히자 핏기 잃은 낯이 드러났다. 교익이었다. 어처구니없게도 다 꾸며놓은 노사협의회 서류작업을 처음부터 다시 해야 되리라는 생각부터 먼저 들었다.

점멸하는 경광등 불빛 속에서 언뜻 오열하는 윤지 씨의 모습이 보였다. 윤지 씨가 머저리 교익에게까지 한 코 줬다는 소문이 파다했다.

구급차가 교익의 시신을 싣고 떠나고, 형식적인 탐문을 마친 경관이 뒤이어 돌아갔다. 밤이 늦었지만 을비 씨는 과장에게 전화를 걸어 사건을 보고했다. 왜 죽었대? 잠에서 덜 깬 목소리로 과장이 물었다. 을비 씨는 다들 아직 모른다고 대답하고 전화를 끊었다. 한동안 모니터를 골똘히 들여다보던 을비 씨는 전원을 끄고 퇴근했다.

집에 돌아온 을비 씨는 자리에 누웠다가 곧 몸을 일으키고 말았다. 몸이 피곤한데도 잠을 이룰 수 없었다. 내실 방문을 열고 이발소로 나온 을비 씨는 스위치를 더듬어 불을 켰다. 개도 잠들지 않았는지 불빛에 놀라는 기색이 없었다. 개의 눈망울이 평소보다 깊어 보였다. 을비 씨는 소파에 앉아 담배를 피워 물었다. 네 친구가 죽었단다. 을비 씨는 소리 내 중얼거려봤다. 개는 눈만 끔벅였다. 모르는 편이 나을 거라고 생각했다. 이발소 유리문 밖으로 지겹도록 비가 퍼붓고 있었다. 언제쯤 비가 멈출까. 을비 씨는 담배를 끄고 일어섰다. 형광등 스위치를 내리려는 순간, 이발소 출입문이 드르륵 열렸다.

어둠 속에 윤지 씨가 비를 맞고 서있었다. 빗길을 달려온 듯 윤지 씨는 가쁘게 숨을 몰아쉬었다. 을비 씨는 말을 잃고 윤지 씨의 젖은 몸과 진흙투성이가 된 운동화를 번갈아 바라보다 이발소 안으로 팔을 잡아끌었다. 윤지 씨는 턱을 떨며 울고 있었다. 을비 씨는 그녀가 자신을 탓하러 왔는지도 모른다고 생각했다. 뭐라고 해야 할지 떠올라주지 않았다. 울음을 삼키느라 안간힘을 쓰던 윤지 씨가 입을 열었다.

"난, 왜 명함 안 만들어줘요?"

대답 대신 을비 씨는 윤지 씨를 끌어안고 입술을 찾아 물었다. 햇볕을 받은 고드름처럼 혀가 녹아내렸다. 쓸모도 없는 혀 따위, 녹아 없어지는 게 낫다고 생각했다. 방으로 들어가자마자 을비 씨는 윤지 씨의 젖은 옷을 거칠게 벗겨냈다. 둘은 서둘러 몸을 섞었다. 빗길을 달려온 윤지 씨의 몸이 뜨거웠다. 을비 씨는 벙어리가 돼 억억 신음을 토했다. 그들은 둘 사이를 경계 짓던 보호막을 녹여 지우고 서로에게 스며들었다. 중력의 사슬에서 풀려나는 순간, 을비 씨는 윤지 씨의 귓불을 깨물었다. 여름내 윤지 씨의 귓불에 담겨 있던 과즙처럼 영근 봄 햇살이 쏟아져 나왔다. 윤지 씨가 한껏 숨을 들이키며 허리를 꺾었다.

*

　잠에서 깬 을비 씨는 습관적으로 자명종을 끌어당겼다가 화들짝 놀
라고 말았다. 정오를 훌쩍 넘어 있었다. 윤지 씨도 뵈지 않았다. 닫힌 바
라지에 햇빛이 들었다. 비가 그친 모양이었다. 서둘러 옷을 걸치다가 토
요일이라는 걸 생각해냈다. 다들 퇴근했을 텐데 어쩐다? 전화 폴더를
열어보니 걸려온 전화는 없었다. 야근한 것을 아는 과장이 구태여 전화
를 넣지는 않은 모양이었다. 지각은 월차로 처리하면 될 것 같았다. 이
리저리 궁리하던 을비 씨는 급여 작업을 끝내지 못했다는 데에 생각이
미쳤다. 어차피 공장엔 나가야 했다.

　이발소로 내려서니 안채로 열린 문을 통해 노파가 부채를 들고 나앉
은 모습이 보였다. 세면대에 물을 받다가 옆에 못 보던 함지박이 놓였길
래 무심코 뚜껑을 열었던 을비 씨는 흠칫 놀라 뒤로 물러섰다. 죽은 개
의 내장과 고기 부위가 물위에 떠 있었다. 뒤늦게 이발소 개란 걸 알아
차렸다. 안채 평상에 앉아있던 노파가 부채를 설설 흔들었다.

　"잡었어. 우리 사우 줄라고."

　"언제요?"

　"엊저녁에. 고기 상헐까봐 띄워놓은 거야."

　을비 씨는 갈피를 잡을 수 없었다. 엊저녁이라니……. 지난밤에 개는
이발 의자 사이에서 을비 씨를 올려다보고 있었다. 을비 씨는 머릿속이
혼란스러워 씻는 둥 마는 둥 이발소를 나섰다. 서둘러 걷는데 멀리서 우

전 씨가 손을 흔들어댔다.

달려온 우전 씨는 마을을 떠나게 됐다며 짐가방을 고쳐 멨다. 왼쪽 눈 자위에 멍이 들어 있었다. 보너스를 제대로 달라고 말했다가 얻어맞고 쫓겨났다는 거였다. 앞으로 어떡할 거냐고 묻자 우전 씨는 속없이 싱글거렸다. 인간은 잠시도 가만있지 못하고 일을 벌이기 때문에 어딜 가든 일거리는 있을 거라고 했다. 여름이 지나는지 하늘이 높아 보였다. 을비 씨와 우전 씨는 간만에 맑게 갠 하늘과 들판을 둘러보며 함께 걸었다. 을비 씨가 일하는 공장에 다다랐을 즈음, 우전 씨는 짐짓 목소리를 낮춰 자기 마법이 어떻더냐고 물었다. 마법? 무슨 마법…….

다들 퇴근한 공장 마당에서 교익이 공을 차고 있었다. 윤지 씨가 사무실 앞 화단에 나앉았다가 을비 씨를 보고 고개를 까딱했다. 을비 씨는 넋이 나가 교익을 바라봤다. 뭔가 단단히 잘못됐다는 생각이 들었다. 교익이 내찬 공이 주차된 트럭에 가 부딪자 윤지 씨가 석류 열매가 타지듯 시원스럽게 웃었다.

을비 씨는 불현듯 우전 씨를 돌아봤다. 우전 씨가 빙글빙글 웃었다. 검은 얼굴 탓에 이가 새하얗게 두드러졌다. 을비 씨의 머릿속에 지난밤의 기억들이 차례로 되살아났다. 가까스로 지난밤의 꿈과 현실을 가를 수 있었다. 이게 당신이 부린 마법이에요? 우전 씨는 웃기만 했다.

"소원을 꿈에서나 이루게 해주는 게 무슨……."

을비 씨는 열없이 따져봤다. 우전 씨는 자기 마법은 그게 다라고 했다. 꿈이 주는 의미를 깨닫고 실현하는 것은 을비 씨 몫이라고 말했다.

을비 씨는 새삼스레 교익을 돌아다봤다. 우전 씨가 악수를 청했다. 을비 씨는 우전 씨의 검은 손을 굳게 쥐었다. 우전 씨는 휘파람을 불며 늪을 돌아 철로를 건너갔다.

공장에 들어선 을비 씨는 윤지 씨 앞을 지나치다 발길을 멈췄다.

"저, 혹시 어제……."

"어제 뭐요?"

"아닙니다."

내가 미쳤지, 을비 씨는 낯이 화끈거렸다.

"월차라던데, 어디 아픈가요?"

윤지 씨가 물었다.

"아뇨. 늦잠을 잤죠."

아아, 고개를 끄덕이던 윤지 씨는 을비 씨의 넥타이를 가리켰다. 사무실 직원들은 하나같이 작업 점퍼 안에 그걸 매고 있던데 꼭 매야하는 거예요?

아뇨. 을비 씨는 그 자리에서 넥타이를 풀어냈다. 궁금한 김에 물어본 거라며 윤지 씨가 손사래를 쳤다. 을비 씨는 이때다 싶어 용기를 냈다.

"저, 이따가 도시에서 저녁 같이 먹을래요?"

윤지 씨가 놀란 눈으로 을비 씨를 올려다봤다. 을비 씨는 넥타이를 눌러 쥐고 기다렸다. 이해할 수 없다는 표정으로 바라보던 윤지 씨가 마침내 픽 웃으며 고개를 끄덕였다.

사무실로 들어간 을비 씨는 모니터에 급여 작업 시트를 띄워놓고 앉았다가, 도로 일어나 금고로 갔다. 다이얼을 돌려 금고를 연 을비 씨는 노사협의회 서류 중에 근로자 대표 보관용 규정을 끄집어냈다. 페이지를 넘겨 자신이 날조한 근로자 대표들의 성명과 날인을 들여다봤다.

을비 씨는 문득 늪에 가보고 싶어졌다. 어쩌면 물고기가 살지도 모른다.

- 『실천문학』, 2004년, 가을호

등단 6년 만에 책을 묶는다. 함량미달에 필력부족이다. 참담하다. 허투루 살지는 않았어요, 항변하고 싶다. 손가락에 독이 올라 키보드를 두드리는 시간보다 신음하는 시간이 더 길고 힘겨웠다. 그래서 책을 묶는다.

산에 들어 절을 찾으면 산신각 섬돌에 기대 쉬곤 했다. 발아래 진리가 있고 더 아래 바다가 무심했다. 이시백 선생님, 재 너머 진인眞人 한 분 계시니 삶이 덜 스산합니다. 김형수 선생님, 선선한 웃음에 어째서 옷깃 더 여미게 되는지 모를 일입니다. 한창훈 선생님, 베갯맡에 선생님 책 두고 살다 이리 됐습니다.

문학들 출판사의 송광룡 사장님 감사합니다. 그리고 부모님. 전화해서 아들이요 하면,
"아들은 뭔 암짝에 쓸 데도 없는……."
하시는 내 부모님. 감사합니다.

스윙바이

초판1쇄 찍은 날 | 2010년 7월 2일
초판1쇄 펴낸 날 | 2010년 7월 8일

지은이 | 유형수
펴낸이 | 송광룡
펴낸곳 | 문학들
등록 | 2005년 8월 24일 제2005 1-2호
주소 | 503-821 광주광역시 남구 양림동 24-18번지 2층
전화 | 062-651-6968
팩스 | 062-651-9690
전자우편 | munhakdle@hanmail.net

ⓒ 유형수
ISBN 978-89-92680-42-4 03810

• 2007년 대산문화재단 대산창작기금 수혜
• 2009년 서울문화재단 창작활성화사업 지원금 수혜
• 잘못된 책은 바꿔드립니다.